Stryk mig moturs

“If you feel like a weirdo, it´s okay because weirdos rule the world.”

- Aubrey Plaza

Magnus Ivarsson

Stryk mig moturs

FSC
www.fsc.org
MIX
Papper från ansvarsfulla källor
Paper from responsible sources
FSC® C105338

Illustration: Anna Neubeck
Korrekturläsning: Björn Ohlsén
Foto baksida: Björn Ohlsén.

Förlag: BoD – Books on Demand, Stockholm, Sverige
Tryck: BoD – Books on Demand, Norderstedt, Tyskland

ISBN: 978-91-7969-728-0

A M O K

Jag fick sparken över en Biblosburgare. Bara sådär ... helt utan förvarning. Rätt man på fel plats löd deras motivering. Vilket skitsnack. Det tog dom sex månader av intervjuer och olika personlighetstester att rekrytera mig men bara fem månader att komma på att jag var felrekryterad. Eller rättare sagt felplacerad, för något fel på deras långdragna rekryteringsprocess var det ju inte.

Jag lämnade resten av burgaren, klev ut på Biblioteksgatan, tände en cigg och blåste ut i motvind så personalchefen fick all rök i ansiktet.

- Host, host ... inte visste jag att du röker Tim, sa han.

Mattias, min närmaste chef, hade suttit med under lunchen men hade mest varit tyst och vridit på sig nervöst. När han tände sin cigg såg jag att han darrade och jag tänkte att djävulens hantlangare kommer nog inte bli gammal.

- Om det är något vi kan göra för dig så säg bara till, sa personalchefen. Vi vill hjälpa dig på alla sätt vi kan.

Jag vände blicken mot Stureplan och började långsamt röra mig upp för Birger Jarlsgatan. På uteserveringarna satt kostymerna, välskrubbade kopior av Runar Sörgaard, och rodde i land Big Business över tiotusenkronorsluncher. När jag passerade East såg jag vår VD sitta och smörja kråset tillsammans med cheferna från Balkers, företagets senaste förvärv. Jag såg hur han klappade sin feta mage när han skrattade och torkade fettet runt sin mun med en linneservett. Hur fan är det möjligt att de kan sitta där med gott samvete och lyfta en lön på flera hundratusen i månaden? Varför inte avvara lite till mig så jag kan få behålla jobbet? Den där generationen ser bara om sitt eget hus och håller varandra om ryggen. Vad är deras problem? Är de rädda för oss? Eller är de bara extremt egoistiska och vill ha hela kakan för sig själva? Fan, ta dom. Jag tänker inte ställa upp på deras spelregler längre.

Jag fimpade och fortsatte upp på Birger Jarlsgatan. Mitt självförtroende hade fått sig en ordentlig törn men samtidigt kände jag mig förvånansvärt glad och fri. Det var egentligen ett riktigt skitjobb, hyfsat betalt men riktigt trist. Dessutom var det sommar, ett högtryck hade placerat sig över Stockholm och verkade inte ha en tanke på att förflytta sig. I Humlegården låg cykelbuden och slöade i gräset och lunchare satt utspridda i små öar. "Jag hittar nytt jobb till hösten", tänkte jag.

Jag gled in på Bears och beställde en stor stark … bartendern tittade lite frågande på mig men jag var inte på humör att förklara att jag inte har råd med nån dyr IPA nu när jag är arbetslös så jag ignorerade henne bara. En bit bort i baren nickade Carl "Bumerangen" omärkbart till mig … jag tog min öl och slog mig ned bredvid honom. Carl är en figur som ingen egentligen känner men alla pratar med … tillhör liksom inredningen. Faktum är att han är lite träig och fyrkantig … som en möbel. Smeknamnet har han fått för att han nån gång för länge sedan kastade bort sitt liv och nu bara sitter och väntar på att det ska komma tillbaka. Tragiskt. Att han är Australiensare gör inte liknelsen sämre direkt.

- Du ser ut som du fångat en dingo i strålkastarljuset.
- Det är snarare jag som är dingon … i backspegeln … överkörd och platt, med brutna ben som spretar åt alla håll … som en seriefigur …
- Äh, du e en sån där som reser dig …

- Även med brutna ben?
- Är det inte det de gör i serier? … Hur platta de än är så tar de bara ett djupt andetag, håller för näsan, och blåser upp sig igen … som en ballong …
- Och så flyger de iväg över ett öde ökenlandskap och punkteras på en kaktus …
- Inte om du är fylld med helium … då fortsätter du bara att stiga …

Jag tittade skeptiskt på honom.

- Fan, vilken optimist du är.
- Nån måste vara det i ditt sällskap.
- Vet du om att du låter som en självhjälpstyp … du vet, terapeutisk …

Han vände sig mot bartendern.

- One more Foster mate!!
- Allvarligt?
- Dom älskar när jag gör så där … lever upp till …
- … bilden av en australiensare?
- Precis. Vet du vad du behöver kompis?
- Ett jobb.
- Ett djur … kan verkligen göra underverk när man är nere och ledsen.
- Djur?
- Husdjur, en katt … eller hund … nån mjuk och fluffig kompis att kela med …
- Jag gillar inte djur.
- … få lite kärlek.
- Verkligen, jag tycker inte om djur … dom är äckliga.
- Det var kallt.
- Alltså, jag kan uppskatta dom på håll … i en hage … på betryggande avstånd … Eller på teve, du vet, se några giraffer gunga fram med sina långa halsar på nån savann i Afrika …
- Ingen djurvän alltså.

- Näe, jag gillar inte att ha dom nära ... i knät ... klappa ... fatta va mycket bakterier och kvalster dom har.
- Men du, en liten kattunge då ...
- Jag gillar döda djur.
- Roadkill?
- Fossil, jag gillar när dom är döda och förstenade ... ligger stilla i berg och man bara kan titta på dom utan att vara orolig att dom ska hoppa upp och slicka en i ansiktet, eller jucka mot benet ... vet du att jag är utbildad paleontolog? ... Nästan i alla fall ... typ.
- Åh fan, va gör du här då, runt Stureplan?
- Ingen aning.

Jag kände det var dags att lätta.

- Sorry, måste sticka. Det här är nog sista gången vi ses.
- Verkligen?

Jag vände mig om och började gå mot dörren när Carl ropade efter mig.

- Du?
- Ja?
- Jag har aldrig frågat vad du heter.
- Timothy. Timothy Glas men alla kallar mig Tim.
- Tim ... Tim Glas? Timglas?
- Japp, de e jag det.

Jag steg ut på Birger Jarlsgatan med solen i ögonen och satte styrfart mot tunnelbanan ... kryssade fram mellan kemiskt amputerade leenden och förstorade kroppsdelar ... slavar under aktiekursernas rytande telepati ... äldre damer klädda i döda däggdjur ... "Hej, hej, tjenare, tack så mycket", hoppade över en tiggares tillhörigheter utan att välta omkull den strategiskt utplacerade muggen med två stackars kronor i ... ner för rulltrappan till världens längsta konstprojekt och mötte Kristin från PR på väg upp och genast ömsade jag skinn ... slog ned blicken och blev transparent. Som alla infödda i den här stan är jag klädd i en fuckyoujagäranonymochosynligmantel som gör mig ömsom omöjlig att se i folksamlingar och ömsom självlysande … som ett rykte … ett väsen på allas läppar … jag klär mig i avstånd och poserar självsäkert i situationer där jag alltid är på väg … alltid med ett alibi till hands … en ursäkt att få fly … om du frågar runt har andra bara sett mig i profil … i en väl regisserad pose som jag ägnat hela mitt liv åt att öva in.

När tunnelbanedörrarna gick igen mötte jag min blick och det slog mig att jag aldrig varit snyggare än min spegelbild som trots varningsskyltarna nonchalant stod lutad mot dörrarna. Vi synade varandra … ingående … upp och ner … men trots en föraning hann jag inte med. När dörrarna stängdes såg jag bara en skymt av honom … på väg upp för rulltrappan … och jag dundrade in mellan bergsväggarna som skrek av värk … skrek av all denna räls som plogats upp i detta massiva tomrum …*"på grund av en tidigare olycka vid Gamla Stan går trafiken långsamt framåt"*. Tuben kröp verkligen fram genom tunnlarna som en gigantisk järnsnigel … jag kunde riktigt känna hur vi lämnade ett kladdigt spår av slem efter oss …

Mitt emot mig stod en kvinna på ett ben med slutna ögon … som en fågel … en flamingo på ett ben … vilande efter en lång dag vid strandkanten … gungandes efter någon mjuk rytm som svagt strömmade ur hennes lurar. Jag ställde mig närmre för att snappa upp tonerna … *"A penny for your thoughts, my love"* … *"They´re spaghetti"* … *"They possess me"* … jag sögs in, mot henne … kände att jag kanske stod lite väl nära … *"A penny for your thoughts, my love"* … la nästan mitt öra mot hennes … *"You´ll forget me"* … så länge hon inte öppnar ögonen är det lugnt … *"Tying round pieces of string"* … öppna inte ögonen, snälla … *"To run amok"* … när jag vände mig mot henne tittade hon rakt på mig … shit, hur länge har hon tittat på mig? Hon var helt lugn … tittade nästan förstående på mig … som om det var lite synd om mig … *"A penny for your thoughts"* … *"To run amok"* …

Framme vid Medis och upp för rulltrappan till Folkungagatan … Östgötagatan ner och där på Katarina Bangata stod den parkerad … Bun Bun … som en hägring i min mentala öken … en glimrande juvel på mitt gråstenshalsband … Thank God! … äntligen lite riktigt käk … jag beställde Bánh Mì med tofu … och efter tio minuter befann jag mig i smaklökarnas absoluta himmelrike … jag skulle kunna leva resten av mitt liv på enbart Bánh Mì … Dag misstänker att jag är beroende … ”du tjatar jämt om Bánh Mì hit och Bánh Mì dit” … ”kollar Bun Buns hemsida var tionde minut för att veta var de befinner sig, bara ut i fall” … ”dreglar som värsta junkien” … och det är sant, konstigt nog blir jag alltid sugen på deras mackor på bakfyllan … kanske inte det mest klassiska bakfyllekäket … men det är väl för att kompensera för nån typ av brist efter en kväll ute … vet inte om det är salt, syltade grönsaker eller bara lite klass … men jag får sjuka cravings efter Bánh Mì … skakar som en abstinenssjuk pundare om jag inte får i mig lite franskvietnamesisk kokkonst …

DAG OCH NATT

- Sparken? Hur fan gick det till?

Dag skrek i telefon så jag kände saliven stänka i örat på mig.

- Skit samma ... det är sommar ... det löser sig, sa jag.
- Vet du vad du behöver?
- Vadå?
- En fylla ... en riktig jävla praktfylla.
- Nja, jag vet in ...
- Vi ses om en timme ... UD.

Sen slängde han på luren.

På Urban Deli var det som vanligt packat med skådisar och annat löst mediafolk. Jag kryssade fram mellan kopior av mig själv, naiva Peter Panfigurer i slitna Converse och svarta pilotbrillor. Vi, den drömmande generationen som från barnsben blivit itutade att vi kan bli vad vi vill och att vi ska fullfölja varenda dröm vi har. Våra föräldrar och resten av samhället har sagt åt oss att förverkliga oss själva och leva det liv de aldrig fick möjlighet till. Därför sitter vi nu här med utbildningar vi aldrig kommer ha användning för och sysselsättningar (inte arbeten) våra föräldrar aldrig kommer förstå sig på. Vi är generationen som aldrig kommer växa upp ... vi har fastnat i Neverneverland ... avskurna från resten av befolkningen och förlorade i oss själva ... där tiden är inne verkar vi i isolerade enklaver (Berlin, Williamsburg, Barcelona) ... med en hemligstämplad agenda att till varje pris jaga åldrandet på flykt … Vi rör oss välregisserat längs de hippa stråken … mytomspunna sagoväsen … stämda i drömtid … Med evigt pubertala kroppar och fickorna fulla av monopolpengar är vi generationen utan arbete men med en välbetald hobby … vi duellerar i livsstil … med tid som insats … Vi är elitismens självutnämnda agenter … massdödens största konsumenter … vi har dumpat våra kroppar för ett rykte … en blossande rodnad runt halsen och en likstelhet som gör sig på bild … Våra ögon kokar i sina hålor av nattliga syner … trötta objektiv … tillfälligt uppgraderade … för sömngång … Innerst inne föraktar vi er små utdöda organismer och genom sovrumsfönstren ser vi er slumra i stratigrafier av varma lakan … försjunkna i djup fossilsömn … vissa nätter försöker vi förgäves bända loss er ur era kalkstensbäddar men … era nätter är fodrade med sömn … och vi … vi är uppe och medverkar i dröm … efter dröm …

Dag bjöd på en första runda … en tröstrunda.

- Vi ska ner till Gamla Stan och träffa Martini sen, sa han.
- Varför då? Det går alltid åt helvete när han är med.
- Det är det du behöver nu … ett helvete … det är renande.
- Jag har redan ett helvete … jag har precis fått sparken … minns du?
- Jag tror det var det bästa som kunde hända dig.
- ?
- Allvarligt talat … du passade inte in där.
- Jo …
- Du gillade aldrig det där jobbet, det sa du själv.
- Gillade … men … det var enkla pengar.
- Du gillar inte enkla pengar.
- Du vet verkligen vad jag tycker och inte tycker om va?
- Du är inte som andra … du är svag för svåra grejer … ditt liv har aldrig varit enkelt … och det är inte för att nån annan har försvårat för dig utan för att du själv alltid krånglar till det för dig … du trasslar in dig i all möjlig skit … som den där svamphärvan …

- Dra inte upp den igen ...
- Fatta nån gång att du är en problemmagnet.
- Lägg a ...
- ... och en dårmagnet ... tänk på alla idioter du lär känna hela tiden.
- Jo, en sitter mitt emot mig just nu.
- Kolla där ... Sanna Lundell.
- Försök inte byta samtalsämne.

Vi stormade in på Martinis kontor med några öl i kroppen men vi verkade ändå ligga flera steg efter Martini. Martini är en av de där personerna som lyckas hålla liv i en framgångsrik karriär samtidigt som han brukar allt från alkohol via diverse suspekta piller och pulver till morfin. Somliga skulle kalla det för missbruk men han kallar det för bruk. "Jag har hundraprocent kontroll", brukar han säga. "Jag har aldrig rört heroin", men morfin använder han flitigt. I min värld är skillnaden hårfin men han anser att det är som natt och dag.

- Jag ska bara in på toa så kan vi dra sen.
- Okej.

Martini försvann in på toa och kom ut efter några minuter snörvlande som ett dagisbarn.

- Har du blivit förkyld? frågade Dag.
- Pollen.
- Mmh.
- Björk är värst ... helt jävla hopplöst ... näsan rinner som en kran.
- Jobbig årstid.
- Hörrni ... jag har några polare som ska spela på Stampen ikväll ... vad säger ni? ... ska vi gå? ... jag har fribiljetter.
- Absolut.
- Det är acid free jazz.

Martini missade det mesta av konserten eftersom han spenderade merparten av tiden inne på toa men han öste beröm över bandet efteråt och sa att det skulle förvåna honom om de inte får skivkontrakt snart.

Efter konserten festade vi med bandet på ett nedgånget hak på någon bakgata. Av någon outgrundlig anledning satt det ett gäng dryga brats nere i ena hörnan och vi hann knappt kliva över tröskeln förrän de började med nån jävla attityd. De satt och garvade, pekade och ropade oförskämdheter som vi lyckligtvis inte hörde för skitmusiken var så högt uppskruvad. Till slut gled två stycken upp till oss med breda kokainflin.

- Har ni nått att bjuda på?
- Bjuda på?
- Ja, eller sälja då ... jag trodde inte ni brydde er om pengar.

Deras överlägsna flin var nu så ansträngda att de höll på att kapa av överdelen på deras huvuden.

- Vad menar du med ni?
- Ja, såna där hipsters ... ja, alltså, vi menar ju inte på nåt negativt sätt (fnitter).

Jag och Dag tittade på varandra.

- Vad hade ni tänkt er?
- Ohhh ... ett erbjudande ... att ni bara vågar ... vi skulle kunna vara snutar.
- Knappast ... inte med all den där lypsylen och brunkrämen.
- Va, vad sa du?
- Ja, alltså, jag menar att jag stött på civilsnutar förut men de har aldrig sett så fjolliga ut som ni.
- Va fan, vem tror du att du är ... jävla proletärbarn ... vet du vem min farsa är? ... va, vet du det?
- Mumintrollet?
- Va i helvete ... du var mig en oförskämd liten människa ...

Bartendern bröt som tur in och bad bratsen gå och sätta sig och sen sa han åt oss att dricka ur och gå.

- Kostymfittorna betalar förstås bättre så dom får stanna?

Bartendern svarade inte men vi drack upp och gick. Alla tre var vi rejält "överförfriskade" som bratsen där inne skulle sagt. Vi svängde in i en trång gränd där jag hittade nederdelen på ett stuprör liggandes på gatan. Jag plockade genast upp den och började slå i marken och mot väggarna med den. När vi kom upp på nästa tvärgata stod en piket en bit bort och av någon oförklarlig anledning ropade Dag.

- Snuten! Spring, för fan, spring Tim!

Alla tre sprang åt varsitt håll. Jag sprang ner mot baren igen och när jag kom ner på Skeppsbron stannade jag upp, drog huvan över huvudet och började gå så lugnt som möjligt ner mot city. I min naiva övertygelse trodde jag att de inte skulle se mig med huvan uppdragen. Men efter bara någon minut svängde en piketbuss upp en meter framför mig och ett antal snutar hoppade ut med dragna vapen. Dom tryckte upp mig mot bussen och särade på mina ben.

- Varför sprang du grabben?
- Sprang? Vadå, jag sprang inte?

Medan två snutar ställde frågor muddrade en tredje mig från topp till tå.

- Kom igen nu grabben, vi vet att du sprang ... vad har du gjort?
- Men asså nu förstår jag inte riktigt ... jag har inte sprungit ... ni måste tagit fel på person.

Först nu märkte jag att jag var så full att jag knappt kunde prata. De satte mig i piketen bredvid en kvinnlig polis de smarta jävlarna. Det är väl deras hemliga taktik att fulla män har lättare att samarbeta med kvinnliga poliser än med manliga.

- Har du någon legitimation?
- Visst, vänta ska jag se.

Jag letade igenom varenda ficka men kunde inte hitta plånboken. Jag försökte ge ett så samarbetsvilligt intryck som möjligt men förgäves.

- Fan, jag verkar tappat plånboken.
- Kom igen nu ... få se på ett leg.

Jag kan fan inte hitta plånboken ... jag måste tappat den när jag sprang ...

Helvete! ... det var det. Snutarna log mot varandra, "full och dum, som vanligt", tänkte dom. Piketen hade börjat röra sig upp mot det ställe där vi börjat springa. Då hittade jag plånboken i innerfickan (varför letade jag inte där förut?) och hivade fram legget. Den kvinnliga polisen sträckte fram mitt leg till sin kollega i framsätet som anropade stationen för att se om jag var tungt kriminell eller rent av efterlyst. Hon fortsatte fråga mig om varför jag sprang och eftersom det inte var någon poäng med att fortsätta neka längre sluddrade jag fram någonting om att jag blev skraj när jag såg blåljusen.

- Ni förstår … jag är uppväxt i förorten och har lite dålig erfarenhet av polismyndigheten … sirener väcker liksom lite konstiga känslor i min oskyldiga lilla kropp.

När vi kom upp på tvärgatan kryllade det av snutar överallt och jag såg Dag och Martini mot ena husväggen med benen brett isär. Sammanlagt med den piket jag satt i var det tre stycken. För oss! Vi hade ju inte gjort något! Martini, vars näsa rann hysteriskt den här kvällen, frågade den ena polisen om han kunde få sänka armarna för att snyta sig vilket väckte ett nervöst fnitteranfall hos Dag. Han var så nervös och påverkad att han inte kunde sluta och jag hörde honom ända in i bilen hur han stod lutad mot väggen med armarna uppsträckta och skakade av skratt. Polisen i framsätet gav tillbaka mitt leg och sa att det var lugnt. Han gick ut och pratade med sina kolleger i de andra bilarna och strax där efter såg jag Dag och Martini gå iväg bort mot Söder.

- Ni hade tur den här gången … men nästa gång tar vi er. Åk hem och stör inte oss härute i verkligheten med era flumryck.

Den kvinnliga polisen klappade mig på axeln, steg ut och lät mig kliva ner. Hennes manliga kollega höll i mig tills han tyckte Dag och Martini hade kommit tillräckligt långt bort innan han släppte mig.

- Ta det lugnt nu … gå bara lugnt och försiktigt härifrån.

Jag gick långsamt mot Dag och Martini som jag såg skynda därifrån. Bakom mig bäddade blåljusen in Gamla Stan i ett bistert, kallt sken. Jag kom snart ikapp och utan ett ord gled vi in på restaurang Kaos. Martini försvann in på toa för att "snyta" sig och jag och Dag tog ett bord närmast scenen. Tisdagkväll, vilket tydligen innebar trubadurafton. Bellmantema. Trubaduren intog scenen med buller och brak ... svängde med gitarren över huvudet ... snubblade runt i promillerus ... hälsade publiken välkommen med överdrivna gester. Tyvärr var det bara jag och Dag i publiken om man bortsåg från det kuttrande paret nere i hörnet som hade stängt resten av världen ute. Jag och Dag satt och skrålade och försökte sjunga med i refrängerna som trubaduren sluddrade ur sig med stor värdighet. Vi hade druckit alldeles för mycket och ändå kom den finska servitrisen med ännu mer alkohol! Hon dängde krusen i bordet och slog sig ner hos oss för att dra en rolig historia som ingen av oss förstod men att döma av hennes fnissningar och stygga uppsyn förstod vi att det var en snuskig historia hon försökt berätta. Dag lutade sig över bordet så stearinljuset nästan fick fatt i hans tröja och ropade över musiken.

- Vet du vad, Tim? Jag tror hon stöter på oss.
- Visst, visst, vi kan ju fråga om hon vill följa med ikväll.
- He, he, he.

Samma snack som vanligt. Med lite sprit i kroppen är man oemotståndlig.

- Hon är ju faktiskt rätt snygg ... lite tanig men ändå ok ... hon har ju åldern emot sig ... men man får inte vara för kräsen.
- Det är alkoholen som pratar.
- DRICK UR BRODER! DRICK MIN SKÅL!

Trubaduren lyfte på hatten och höjde sitt glas mot oss.

- SKÅL ERA KÅLSUPARE!
- GUTÅR!!!
- Låtom oss dricka i fördärv!

Martini kom ut från toa och slog sig ner.

- Vilka jävla fascistsvin.
- Va?
- Snutarna.
- Javisst ja.

Jag och Dag hade redan glömt bort vår incident med lagens långa arm.

- "Rule by terror" ... det är så man styr diktaturer.

- Jo, men du vet väl vad det är för några som blir snutar.
- Militärer och fascister.
- Man brukar ju säga att väktare blir väktare för att de inte kommer in på polishögskolan men du vet polishögskolan är bara två år …
- Får man verkligen kalla det högskola då?
- … så poliser är bara misslyckade högskolestudenter … skoltrötta …

Här någonstans bröt logiken ihop. All min koncentration gick åt till att rädda Dags tröjärm från att antändas av stearinljuset på bordet. Jag studerade lågan noggrant och kan nästan svära på att det var något onaturligt med den där lågan. Så fort Dag sträckte ut sin arm rörde sig lågan emot den. Som en magnet. Martini sprang ut och in på toa och beställde däremellan dyra drinkar som varken han eller den finska servitrisen kunde uttala. Dags ögonlock blev tyngre och tyngre … hela natten hade bosatt sig i dom. Vi beställde in en ny runda.

Trubaduren slog an några ostämda ackord och gav hals.

- *Glimmande nymf, blixtrande öga …*

Dag tog ton och vrålade de första raderna och sjönk sedan ihop över bordet i hopplöst fyllerus. Ljusen på borden skimrade som stjärnor när jag tittade på dom. En hel galax av stjärnor … tiotusentals … jag försökte fokusera på en men det var omöjligt … dom gled ut i en enda smet … delade sig i flera systerljus …

- *… menlösa styrka …*

Ljuset på bordet fick slutligen fatt på Dags tröjärm som tog eld. Jag pekade förvånat på ärmen och Dag tittade trött … han verkade inte fatta vad som hände … jag frågade om han inte skulle släcka elden … Han började slå lite tafatt med den andra handen över ärmen … elden slocknade och han ryckte likgiltigt på axlarna igen och skrattade förläget ut i rummet …

- *Sov, somna in vid min musik.*

Turturduvorna nere i hörnan reste sig och gick. Dörrvakten följde dom till dörren och vände sig sen mot oss.

- *Somna min nymf! Dröm om min lyra, till dess vår sol går opp klockan fyra,*

Servitrisen började plocka bakom baren och sneglade väntande åt vårt håll. Trodde hon verkligen på oss eller ville hon bara att vi skulle gå?

- *Döden ger liiiiiiv och kärlek bortblandas. Men fast din puls slår matt, så blundar ögat glatt.*

Dag log fånigt åt alltihop och begravde huvudet i armarna över bordet. Han hade däckat och jag stod på tur ...

- *Håll med fioln,*

... jag tömde glaset med en klunk ... hälften kom utanför ... rann längs hakan ...

- *god natt!*

... utanför föll fortfarande regnet ...

- *gooood natt!*

- Denver?
- Konferensen heter *Time and Consciousness*.
- Men Denver? ... Varför inte New York eller San Fransisco?
- Du, det är inte jag som bestämmer sånt ... är du intresserad eller?
- Jo, men ... jag är rätt trött sen igår.
- Du, bestäm dig ... vill du ha jobbet eller? Du kanske redan har ett nytt jobb? Du kanske har letat jobb hela natten eller, nej, vänta förresten du var ju ute och rullade hatt med mig och Dag.
- Okej, okej ... jag tar det.
- Bra. Planet går imorgon bitti.
- Imorgon bitti? Jag måste ju hinna ...
- Jag budar över biljetterna ...
- Budar? Vem budar biljetter?
- Och du ... en sista sak ... jag vill att du håller ett extra öga på en man som heter Professor Steele.
- Okej, men annars då ... förväntar du dig ett reportage eller?
- Visst, visst, ett reportage blir bra.

Martini la på och jag satt med luren mot örat och lyssnade efter någon mer förmaning ... mer information om mitt uppdrag men allt jag hörde var en monoton ton som ska få folk att förstå att samtalet är över ... dags att lägga på. Det tog tid att vakna till liv men efter två stora koppar starkt kaffe kom jag på fötter. Tog mig ut, upptäckte att det redan var rusning och handlade huvudvärkstabletter och växlade pengar. Jag hade några timmar att slå ihjäl och började långsamt gå mot Gildas, förstrött fönsteronanerande.

Jag passerade fiken där latteentreprenörerna hänger över sina halvfulla latteglas och sina laptopar. De bryr sig inte ett dugg om att rusningen börjat. Frilansarna. De fria. De som inte har några tider att passa utan bestämmer själva när de ska arbeta. De som alla andra är så avundsjuka på. Frågan är om det är så glamoröst? Väldigt få betalar väldigt lite för information och kunskap i dessa tider. Dessutom ska man komma ihåg att valet att bli självständig kanske inte var ett val av ren vilja utan ett sista desperat försök att överleva när ingen vill anställa. Men vad gör det en generation som lärt sig från vaggan att arbeta, det gör man gratis.

Utanför en grekisk restaurang gick mitt hjärta i kras. Restaurangen hör inte till en av de finare men har vit duk och bestick som man kan missta för silver. Mannen och kvinnan satt tysta mitt emot varandra och tittade åt varsitt håll. Mannen på trafiken utanför fönstret och kvinnan på servitören som stod och småpratade med kocken bakom disken. Hon hade något mörkt metalliskt i blicken som om hon blivit besviken på livet en gång för mycket. Hennes rörelser var knyckiga och ryckiga som en insekts. Någonstans därinne i den slumrande hjärnan fanns fortfarande hoppet om att den här middagen skulle bli lyckad men ju längre tiden gick utan att tystnaden bröts desto mer dog hoppet inom henne. Det skulle räcka med bara någon mening från honom, något om hur hans dag varit, vad som helst som kunde få igång ett samtal men det kom aldrig. När de nu äntligen efter månader av planering lyckats få barnvakt och de ska gå ut för att ha en mysig kväll tillsammans verkar de bara vilja vara någon annanstans. Någonstans där de inte blir påminda om vardagen. Någonstans där samtalen handlar om någonting annat än barnen, skolan eller vinterns kräksjuka. Någonstans där man får uppskattning.

Han hade något reptillikt i blicken som om han enbart styrdes av nedärvda instinkter. Allt som rörde sig i huvudet på honom var sex.

Sex med andra kvinnor. Och det var inte något vanligt sex. Avancerat sex som det han runkar till vid datorn ... Knullasåinihelevete.cum ... Djupt inom honom kunde han känna fruns anklagande blickar och från ännu större djup snappade han upp rester av känslor han tolkade som dåligt samvete. Förmodligen för att han satt tyst och inte orkade dra igång något samtal men så fort han förde något på tal lyckades hon, eller egentligen de båda, att föra in samtalet på vardagen. Det verkade inte finnas någonting annat kvar i deras liv. Han önskade att de kunde sitta och prata över ett glas vin som förr i tiden men det var allt för länge sedan och de känner egentligen inte varandra längre. "Dessutom har hon blivit tråkig och ointressant. Hon som brukade ha så mycket idéer och galna upptåg innan barnen kom är idag bara en grå och tråkig ... hög".

Servitören bröt den obehagliga tystnaden.

- Smakade det bra?
- Oh, ja, det var jättegott.
- Får det lova att vara något mer, en dessert kanske?

Mannens och kvinnans blickar möttes under en tusendelssekund innan de svarade i kör.

- Nej tack, vi tar notan.

På gatan utanför gick en blonderad tjej i tjugoårsåldern och speglade sig i skyltfönstren. Hon gick med bestämda steg och körde ner de höga klackarna ordentligt i trottoaren för att inte tappa fotfästet. Hennes spegelbild log tillbaka mot henne och kastade beundrande blickar på de nyinköpta bootsen. Bara tvåtusen kronor. "Tänk att det går att pruta i en butik i Stockholm, det trodde man inte. Fan, går de där svarthåriga poptjejerna och kollar snett på mig?"

På andra sidan gatan gick två svarthåriga tjejer och snackade skit om den där jävla bimbon på motsatta trottoaren som förmodligen var på väg till en porrfilmsaudition. "Vad man nu gör på en sån? Inte lär man ju behöva repetera in några repliker förutom åhh, mmh, oohh. Och hur fan kan man vilja se ut så där? Hur fan kan man blondera håret så att det blir alldeles vitt och genomskinligt, som ett spöke? Det finns väl ingen som egentligen vill se ut så? Hon är bara en hjärndöd köttbit som fallit för mediabilden av sig själv".

Poptjejerna var irriterade på varandra eftersom den ena köpt fel nyans på hårfärgen. Murrigt kolsvart istället för gothiskt korpsvart.

- Fan, killarna på serietecknarskolan kommer skratta. Livet är skit! Gud, ta mig härifrån.

En av tjejerna drog några streck framför sig i luften, öppnade en dörr och dom klev båda ut ur bildrutan.

I en bil som stannat för rött satt en kvinna och förbannade att hon gått på hela mammagrejen. Fast hon innerst inne alltid känt sig främmande inför att skaffa barn så har hela hennes uppväxt kantats av ett idogt tjat om just barn. Hennes mamma, hennes mormor, hennes hemkunskapslärare, skolsystrarna, ja i princip varje vuxen kvinna hon träffat under sin uppväxt har förberett henne på den stundande mammarollen. För att inte tala om hennes väninnor som aldrig pratat om någonting annat än barn, barn, barn, barn. Det känns som om hon formats i en mammamall som genomsyrar hela samhället. "Till och med i dessa dagar när kvinnan ska vara så fri från allt vad som anses ingå i kvinnorollen så slipper man inte undan den förbannade indoktrineringen".

Jag blev bedrövad över att se hur vardagen och tristessen har sedimenterat i däggdjuren omkring mig … hur de mentalt förstenats och förpassats till ett mer passivt, slumrande tillstånd. Precis som grå urtidsorganismer som kryper runt i slammet på havsbotten släpar de sig fram längs gatorna samtidigt som asfalten och betongen kastar klibbiga tentakler om dem och försöker dra ned dem i trottoaren och konservera dem för evigt i grå sten. Fossilsömnen har trängt in bakom deras ögonglober och cementerat dumheten och apatin … skickat tillbaka deras mentala tillstånd till ordovicium … för alltid fast i en primitiv tid …

Jag fick till slut nog och gick in på Gildas. Långt in i lokalen hittade jag Dag nersjunken i en sliten soffa höljd i mörker. Jag berättade om jobbet jag fått från Martini och Dag sa.

- Jag sa ju det … allt du behövde var en rejäl praktfylla.
- Jag antar det.
- Du har tur du som får åka till staterna.
- Jag gillar egentligen inte USA.
- Nänä, men du, vi håller kontakten … maila mig när du är där borta.

Budet ringde och sa att han stod utanför min dörr och hade en expressleverans.

- Fem minuter, sa jag. Jag är där om fem minuter.

Jag flög via Chicago O'Hare och fick tyvärr några timmar över mellan flighterna. Vanligtvis trivs jag mycket bra på flygplatser men just O'Hare gjorde mig illa till mods. Byggnaden är helt vit och liknar mest ett tempel. Tavlorna med kyrkomotiv i ankomsthallen gör inte saken bättre. Dessutom verkar de missat poängen med att ha exklusiva affärer där folk inte har råd med varorna utan mest går runt och drömmer. På O'Hare är det bara McDonalds och Starbucks överallt. Och när jag ändå är igång och klagar så måste jag gnälla över alla rullstolar. Va fan är det för fel på amerikanarna? Har dom glömt hur man använder benen? Var och varannan resenär verkar börja sin resa med att bli rullad i rullstol. För att inte tala om bredden på dessa rullstolar. De rymmer ju två personer. Amerikanarna lever verkligen upp till sitt rykte som världens fetaste nation. Hur som helst tog jag ett Big Mac Meal och senare en sexdollars öl i en bar med utsikt över en … vägg.

En kvinna slog sig ner bredvid mig och beställde in en öl. Hon såg arg och farlig ut. Hon hade kängor, en grön kamouflagejacka, en svart militärkeps, mörka ringar under ögonen och en blick som skvallrade om vad hon tyckte om världen och dess invånare. Jag kände att jag var tvungen att prata med henne … blev nyfiken på henne … men visste inte vad jag skulle säga. Vågade inte riktigt ta första steget. Jag ville ju inte göra bort mig. Kvinnan märkte nog att jag var på väg att tilltala henne gång på gång men att jag ångrade mig i sista sekund för plötsligt vände hon sig ut mot lokalen och sa till mig.

- Herregud … titta på dom … det blir bara värre och värre … snart lider var och varannan av svåra strålningsskador.
- Strålning?
- Kolla in deras bleka, slappa hud … de mörka, tunga påsarna under ögonen … den jagade blicken … man kan verkligen se hur alla sömnlösa nätter sedimenterar i deras kroppar … all framgångshets … tydliga strålningssymptom … gissa hur mycket sömnpiller och antidepressiva som står i deras badrumsskåp.

Kvinnan pekade på en man nere i ena hörnet som precis huggit in på en T-bone.

- Den där stackaren var tvungen att ta tre tabletter innan han kunde börja äta på sin stek … vad ska vi gissa på? … magsår … blodtryck och … laktosintolerans kanske, såsen ser gräddig ut.
- Menar du att de är strålskadade?
- Visst, är det inte uppenbart? … Tidsstrålning.
- Mmh?
- Mänskligheten befinner sig på bristningsgränsen av vad som är biologiskt möjligt … mycket mer tidsstrålning klarar ingen organism … det kommer bli evolution snart …
- Evolution?

Hon tog tag i min hand och tittade stint på mig med en kristallklar blick.

- Revolution … tro mig … revolution.
- Jag tror dig … jag tror dig.

Det blev tyst någon minut … kvinnan verkade nästan utmattad … som om den plötsliga attacken av total klarhet tog musten ur henne. Hon drack upp sin öl och nickade åt mig innan hon gick.

DENVER, BUNKERN OCH JET-LAG

Jag checkade in på Grand Hyatt Hotel, rum 506, några kvarter från Colorado Convention Center där konferensen skulle äga rum. Jag blev glatt överraskad över mitt rum men å andra sidan blir man alltid det i USA. Om det är något de är bra på så är det hotellrum. Rummet var stort och rymligt, sängen var stor och rymlig, skrivbordet i något mörkt, pampigt träslag var stort och rymligt, skinnfåtöljen var stor och rymlig, ja till och med fotstödet till fåtöljen var stort och rymligt. I Sverige skulle den kallats soffa. Däremot blev jag lite besviken när jag drog undan gardinerna och såg att min utsikt vette ut mot poolen ... inomhuspoolen. Jag hade gärna haft utsikt mot en gata. Det är hela grejen med USA att kunna studera livet nere på gatan och ligga sömnlös halva nätterna på grund av alla sirener. Nu kändes det mer som en bunker. Jag såg inget dagsljus alls så efter några timmar började jag känna mig lite desorienterad när det gällde tiden. Jag gled ner till 7-Eleven och köpte öl, chips och några flottiga munkar. Jag hade hoppats hitta någonting som påminde mer om mat men de färdiggjorda mackorna i kyldisken gav mig mer kräkkänslor än hungerkänslor. Amerikanare har en tendens att trycka in tjocka lager med kött i sina mackor vilket ser rent äckligt ut och något vegetariskt alternativ finns inte i världens mest utvecklade land. Det där med utvecklat tar jag tillbaka förresten. Hälften av alla amerikanare ser ut som luffare och beter sig som luffare. Ibland tror jag att hälften av alla amerikanare verkligen är luffare, eller så har de bara dålig stil. Eller så är det jag som är en snobbig europé, men det skulle vara första gången i så fall. Jag är inte direkt ett modelejon hemma i Europa.

Väl tillbaka i bunkern försökte jag få nåt gjort men upptäckte snart att musiken från poolen trängde igenom alla mina tankar. Även fast det var sådan där lugn, avkopplande spamusik blev den vansinnigt påfrestande efter ett tag med sina höga plingande toner och dova meditativa basgångar. Jag ringde ner till receptionen och bad dem att sänka volymen, "I´m trying to work here, you know", och de svarade "absolutely sir". Men inget hände så jag ringde igen och bad dem stänga av skiten, "I´m terribly jet-lagged, you know, so would you *please* turn off this shit ... I´m trying to sleep". "Right away sir", men inget hände. Jag vet inte om de hade problem att hitta offknappen eller om de bara sket i mig, "stupid Swede".

Musiken plinkade i alla fall på i samma jävla new-agetakt som tidigare. Den åt sig in i mitt medvetande och jag kände att jag började bli galen så jag gick ner till Convention Centret och registrerade mig. Registreringsavgiften var hög som en svensk månadslön (smärre överdrift) men jag lyckades få dem att tro att jag var både medlem och inbjuden reporter så jag behövde bara betala halva avgiften. Kongressområdet var stort och jag strosade omkring för att lära mig hitta. Föreläsningarna hade inte börjat men deltagarna var redan på plats, satte upp posters och minglade med varandra. Efter någon timme var det invigningstal och förhandsvisning av "tidsrelaterad" konst vilket även innebar gratis öl och vin. Kombinationen av jet-lag och gratis alkohol var en effektfull kombination och det kändes snart som jag gled fram genom montrarna, en halvmeter över marken. Det var en häftig upplevelse att levitera och jag frågade några ungdomar vid en poster om de sett en leviterande svensk tidigare men de såg mest frågande på mig och fortsatte sitt samtal. Oförskämda snorungar ... men så är de amerikaner också. Apropå det så var jag lite besviken över den internationella uppslutningen. De allra flesta var faktiskt inhemska. Jag sprang på någon tysk och någon japan men annars var det bara amerikaner överallt. Efter ett tag blev jag hungrig och återvände via McDonalds tillbaka till hotellet. Väl där försökte jag arbeta lite men den förbannade poolmusiken gick mig på nerverna. Så jag satte på teven istället. Trots alla femtio kanaler var det bara "Law and order" på alla kanaler och efter ett tag somnade jag.

Två på morgonen (Denvertid) vaknade jag och var klarvaken. Två på morgonen i Denver är samma sak som elva på förmiddagen svensk tid så efter att ha vridit och vänt på mig ett tag gick jag upp, tittade lite på teve, arbetade, drack några öl, hittade kaffekokaren, vilket verkar vara standard på de flesta amerikanska hotell, och lyckades koka kaffe vilket faktiskt smakade helt ok, drack några öl till och arbetade.

Jag var mer påverkad än jag trodde av jet-laggen och fick inte mycket vettigt gjort. William Gibson beskrev jet-lag någon gång som "soul-delay". Att det bara är kroppen som anländer och att själen kommer med nästa flight. Det var lite så jag kände mig ... själlös och reptillik. Det är fascinerande att man är så styrd av sin inre, biologiska klocka. Jag brukar se mig som ganska fri och inte så fast i rutiner ... jag sover gärna till tolv på morgonen om tillfälle ges men så fort man befinner sig i en annan tidszon märker man hur inkörd man är i sin ordinarie tid. Det är som om tiden har kört upp ett spår åt mig i rumtiden som jag är förpliktigad till att följa. Å andra sidan blev det inte bättre av att jag befann mig i en bunker och inte hade en aning om huruvida det var ljust eller mörkt ute. Efter några timmar slog det mig att det nog var dags att bege sig ner till kongressen.

DAG 1

Morgonens Keynote speaker var ordföranden i American Time Association (ATT), Professor Walton. Hans presentation hade titeln "Time and perception" och var ett typiskt invigningstal ... allmänt och populistiskt.

- ... så vad är då tid? Tid är egentligen ingenting annat än ett specifikt intervall inom vilket vår uppfattning kan röra sig. Vanligtvis är tid något som används väldigt olika beroende på vilket tidsintervall man är intresserad av och vad man ska använda tiden till ... vanligtvis styrs detta av vilket sammanhang man befinner sig i. Folk i allmänhet ... om man nu får generalisera ... ser oftast till det tidsintervall som är betydelsefullt för deras vardag ... timmar, dagar, veckor, månader och i vissa fall år. Tittar man på de olika skolorna märker man stora skillnader. Historiker till exempel arbetar med den tid under vilken människan varit mer eller mindre civiliserad ... alltså de senaste tusen åren ... antropologerna går lite längre tillbaka och arbetar med den tid då människan och dess närmsta släktingar funnits ... de rör sig inom ett tidsintervall av några miljoner år ... Biologerna tittar på tiden då liv funnits på Jorden alltså ungefär tre och en halv miljard år men egentligen studerar de bara levande liv, resten lämnar de åt paleontologerna. Geologerna studerar den tid under vilken Jorden har funnits, vilket är de senaste fyra och en halv miljarder åren och astronomerna tittar på den tid under vilken universum funnits vilket är runt tretton, fjorton miljarder år, men det ändrar sig hela tiden ... de har svårt att bestämma sig.

Konstpaus med pliktskyldiga och återhållsamma skratt.

Inget nytt, men insiktsfullt. Lovande inledning på en lovande kongress. Efter det följde några föreläsningar på temat *Time and everyday life* som mest fungerade som introduktion. De var akademiska och vände sig till den intellektuella delen av publiken. Flera föreläsare använde sig av tidrumschemat som uppfanns av en svensk vid namn Hägerstrand. Jag kände genast igen det från min studietid då jag tog några kurser i kulturgeografi. Hägerstrand var ett stort namn inom kulturgeografin. Tidrumschemat används för att kartlägga en människas rörelse genom rummet under en viss tidsperiod, vanligast en dag men det kan även vara en längre tidsperiod som en vecka, månad eller till och med ett år. Jag klottrade ner mitt eget tidschema under det senaste dygnet i ett block. Visade sig inte vara jättespännande ... blev ett rakt streck med ett litet gupp när jag gick från hotellrummet till konferensen.

Efter det gled jag in på en session med titeln *Time and control* och nu började det genast hetta till. Talare efter talare mässade om hur en liten klick av mäktiga personer har full kontroll över tiden och hur de använder den för att kontrollera resten av befolkningen. Politiker, myndigheter och stora företagsledare pekades ut som de stora tidsbovarna. En talare beskrev hur tidshierarkin på en arbetsplats genomsyrar hela verksamheten från kvartalsrapporter till stämpelklockor och hur detta olyckliga utnyttjande av tid kommer leda till samhällets kollaps.

- Som det ser ut idag är den största delen av befolkningen ... utifrån ett historiskt perspektiv ... förslavade ... fullkomligt förslavade. Faktum är att slavarna i den amerikanska södern på 1800-talet eller till och med trälarna i det antika Rom hade mer tid över och stod under ett mindre tidsförtryck än den genomsnittlige amerikanske arbetaren.

En man i publiken ställde sig upp och började med hög röst protestera mot detta och ansåg det smaklöst att göra en sådan jämförelse. Föreläsaren föreföll helt likgiltig till opponentens kommentarer och som svar plockade han upp några slides ur sin Power Pointpresentation som jämförde dagens arbetare med slavarna i den amerikanska södern på 1800-talet. Diagrammen och tidrumsscheman visade på en skrämmande skillnad och folk i publiken skruvade lätt på sig och undrade om undersökningen verkligen var baserad på tillförlitliga data. Ingen vill ju känna sig som en slav även om publiken på den här föreläsningen inte var representativ för den genomsnittlige amerikanska arbetaren.

Det blev värre. Nästa slide visade en jämförelse med den genomsnittlige amerikanska arbetaren och en barnarbetare i Indien på en skofabrik. Föreläsarens diagram visade klart och tydligt att även fast barnarbetaren levde under fattigare förhållanden var dess tid inte alls lika kontrollerad och styrd som den amerikanska arbetaren. En "modern" slav var alltså mer fri än en arbetare i världens friaste land. Så kan det gå när man inte kan försörja sig på ett vanligt heltidsarbete utan måste ha två eller till och med tre arbeten samt har långa resor mellan arbete och hem.

Lite senare hamnade jag på en session kallad *Time dissolution by drugs* vilket var som en enda lång monolog av Timothy Leary. Talarna gick systematiskt igenom alla kända som okända droger och deras effekter på tidsuppfattningen. Jag fann det ganska ointressant eftersom det inte direkt var något nytt de kom med förutom det oväntade inlägget om att sex var en minst lika bra drog som traditionella droger när det gäller att tappa tidsuppfattningen. Bra sex alltså. En manlig föreläsare i femtioårsåldern som av någon anledning påminde mig om Olle Waller (Femmans sexguru) stod och flåsade i mikrofonen (som han behandlade som en fallos) och med simmig blick tittade han ut på publiken.

- Orgasmen, mina damer och herrar ... orgasmen ... är det extatiska tillfälle då kroppens åldrande upphör och tiden står stilla ... rent biologiskt upphör cellernas åldrande som annars präglar alla levande organismers liv ... för några extatiska, upphöjda sekunder sliter vi oss loss från tidens grepp ... Men, mina damer och herrar, det behöver inte handla om sekunder ... tänk er om vi skulle kunna dra ut på orgasmen ... förlänga den ... ja, ja, jag ser att flera kvinnor i publiken nickar instämmande ...

Publiken var helt oberörd och ingen, speciellt inte den kvinnliga delen av publiken, nickade instämmande.

- Det är egentligen väldigt lätt ... genom att lära oss speciella tekniker ... orgasmtekniker, kan vi faktiskt lära oss att förlänga orgasmögonblicket ... tänk er att uppleva en orgasm under säg fem minuter ... tio minuter ... en halvtimme ... eller varför inte en timme? Ja, det låter frestande va, damen?

Återigen ett misslyckat försök att nå den kvinnliga delen av publiken.

- Jag pratade häromdan med en kvinna som genom vissa speciella kniptekniker och uthållighetstekniker hos sin partner upplevde en tvåtimmars orgasm! Det ni mina damer och herrar är något va? ... Två timmar! I förlängningen kan vi skjuta upp åldrandet och förlänga våra liv med tiotals år. Bra sex och ett längre liv. Vad mer kan ni begära, mina damer och herrar?

Efter det gick jag vidare och lyssnade på några föredrag om tidsuppfattning och drömmar men det mesta var tyvärr flummigt skitsnack. Problemet med sådana här initiativ är att de säkert vill väl. Idén såg lovande ut på pappret men sen lyckas de alltid nånstans på vägen förstöra konceptet och blanda in för mycket New Age, för mycket självhjälp, för mycket självförverkligande och väva in allt i en slemmig hinna av andlighet och "öppnandet av medvetandet". Innan man vet ordet av har de blandat in kristaller, tarotkort och healing och fullständigt ödelagt den trovärdighet som ändå fanns där i början. Allting tangerar religion. Det var dock en presentation jag tyckte var intressant. Den hölls av en Professor Steele och hade titeln *Dreamtime.*

- Drömtid är ett begrepp som existerar bland aboriginerna i Australien men som tagits upp av populärkulturen och ändrat mening … det jag tycker vi ska ta till oss av detta begrepp och applicera på vårt moderna samhälle är uppfattningen av tid … tillståndet … ni vet i drömmar gäller inga regler … vi har ingen rumsuppfattning utan rummet och rekvisitan i rummet förändras hela tiden … vi har heller ingen tidsuppfattning när vi drömmer … faktum är att tid inte existerar i drömmen. Tänk er att vi skulle lyckas applicera ett sådant tidsoberoende på vår egen tillvaro … att uppnå ett tillstånd utanför vår drömvärld där tid inte är relevant … helt enkelt inte fyller någon funktion. Det finns många metoder för att uppnå detta … somliga praktiserar meditation, andra droger … men jag förespråkar en metod som jag har utvecklat personligen … omstämning.
- Omstämning? Uttryckte någon i publiken med förvåning … både över terminologin men även för att hon tänkte högt.
- Omstämning, mina damer och herrar, går ut på att vända på vårt biologiska timglas … timglaset som är format som en åtta vänder vi till vertikalt läge … en liggande åtta - tecknet för evighet. När vi väl fått sanden att sluta rinna i våra inre timglas är vi fullkomligt fria från tiden … fullkomligt oberoende av tidens gnagande tand … dess degenererande effekt … och vi kan bli fria i sinnet … se världen som den är …

En kvinna ställde sig upp i publiken och frågade.

- Allt det där låter väldigt bra och lockande måste jag säga men hur går denna omstämning till i verkligheten? … Hur kan jag som person bli omstämd i drömtid?
- Mycket bra fråga … det är inte lätt att förklara på dessa femton minuter som jag har till mitt förfogande men det handlar om att släppa på ett antal mentala spärrar vi alla har … tidsspärrarna. Under den här veckan kommer jag ha en workshopserie på temat drömtid där vi ska lära oss att släppa på dessa mentala spärrar och ni är varmt välkomna att delta. Det är lite som en intensivkurs …

ikväll är första tillfället ... workshopen heter *Geological Time-Scales and Beyond*.

Efter Professor Steeles föreläsning var det lunchtid och jag gick ner till caféet i Convention Centret, beställde en skål med chilisoppa och en kalkonsandwich och slog mig ner bredvid en glansögd man i trettioårsåldern. Uppenbarligen här för all gratis öl.

- Såå ... har du varit på några intressanta föreläsningar än? Frågade han.
- Jag var på Professor Steeles föreläsning om drömtid.
- Jaså? ... och hur var det? Märkbart intresserad.
- Ja, jag vet inte ... lite väl flummigt för min smak.

Mannen höjde på ena ögonbrynet och pekade mot klockan på väggen.

- Du ska lyssna på Professor Steele ... han är vår tids största profet. Att häva tiden är av största vikt ... det är en destruktiv kraft ... en bakvänd evolution. Egentligen är det inte svårt att häva tiden eftersom den är ett påhitt ... en illusion ... uppfunnen av samma maktgalna människor som uppfann ekonomin. Tid är ekonomi där man gör vinst av timmar ... plockar ut ränta i sekunder. Tid och ekonomi lever i symbios ... båda har gjort sig beroende av varandra. Stoppar man tiden brakar ekonomin samman och stoppar man ekonomin blir tiden meningslös. De håller varandra om ryggen ... springer hand i hand och vägrar skiljas åt ... ökar bara tempot.
- Mmh?
- Varför uppfann man skottsekunden tror du?
- Jaa ... inte vet ja ...
- Därför att tekniken krävde det och det var ekonomin som krävde det av tekniken. Tid är pengar ... till och med en ensam liten skottsekund. Förutom poesin är det bara droger som kan häva tiden. Är man riktigt påverkad verkar tiden upphöra och det är ju det den gör när man verkligen glömmer bort den och den inte längre behövs. Tiden är en hallucination ... en hägring

i vardagens öken ... om man någon gång i framtiden avskaffar alla maktmedel kommer tiden vara en av de allra första som faller.

- Såå, du menar att tid är ett maktmedel som de med makt har utvecklat för att hålla resten av befolkningen som slavar?
- Tänker man på maktmedel tänker man först och främst på ekonomi och om ekonomin avskaffas försvinner snart tiden. En genväg om man vill avskaffa ekonomin är att avskaffa tiden! Jag tror tiden är en utrotningshotad art av maktmedel ... människan eller dess efterföljare kommer snart få nog och göra revolution ... tidsrevolt ... störta tiden ... förvisa den tillbaka till den mörka stenåldersgrotta den en gång tittade ut från. För det är en relik ... en förlegad pryl ... en omodern uppfinning. Alla tycker tiden är ett modernt begrepp som vårt moderna samhälle är byggt på och beroende av men det är en gammalmodig historia ... tiden är kvar på apstadiet och ska vi, *Homo Sapiens Sapiens,* ta det avgörande klivet måste vi göra oss fria från vår största boja ... tidsbojan ... som håller oss fängslade i ett sammanhang ... i en föreställning som endast är ett spel för gallerierna. Det gäller bara att punktera tidsblåsan ... våga sätta nålen i den. Det är teoretiskt mycket enkelt men praktiskt verkar det som om något tar emot ... tidsspärrarna ... som alla (nästan) har inmonterade i oss. För att inte tala om tidssnuten som ser till att vi alla följer tiden ... skrämmer oss till lydnad och okunnighet om tidens egentliga väsen ... tidsillusionen ... tidsblåsan. Tid och rum är endast rekvisita i de stora dramerna ... en förpackning att förlägga händelsen i ... upplevelsen, intrycken, förloppen, även om ett förlopp är något vi förknippar med tid. Den linjära tiden, tidsbegreppet, stupar redan i den geologiska tidsskalan eftersom den bygger på glimtar ... enstaka händelser ... precis som vår egen tidsuppfattning bygger på enstaka ögonblick som vi "limmar ihop" med något vi kallar tid ... ett tidslim. Vår allmänna

perception är inte linjär utan uppstyckad, och om vår perception är det, är även vår tidsuppfattning det. För det är precis vad det är, en "uppfattning" om tid, och uppfattningar är något som i många fall bygger på sådant som vi lärt oss eller har inprogrammerat i oss från början. Ändrar vi uppfattning ändrar vi tiden. Döden är också en produkt av tiden. Häv tiden och vinn odödlighet ... åldrande skulle aldrig bli ett bekymmer. Tänk vad många begravningsentreprenörer som skulle förlora jobben om tiden och åldrandet upphörde ... för att inte tala om alla plastikkirurger. Tänk på modebranschen ... alla designers som skulle förlora jobben ... begreppet mode är ju beroende av tiden och skulle aldrig existera utan en tid som ständigt ska förnyas och fyllas med nyheter (eller gammal skåpmat). Trendsättare i allmänhet skulle inte fylla någon funktion. Tiden är ett virus ... ett mikrobiologiskt vapen någon attackerat vår planet med ... och som vi inte har ett försvar mot ... vi har inget immunförsvar mot tiden.

- Så vi är förlorade?
- Varför inte bara plocka ut alla batterier ur alla klockor? Och andra typer av ur med mer komplicerad apparatur som atomur kan vi bara slå sönder med ett basebollträ eller vad som helst. Tänk att häva tiden med något så simpelt som ett basebollträ ... så enkelt är det! Krossa tiden! Slå sönder uren! Och skaka liv i dom förbannade fossilen, dom slöa asen! Gå och lägga sig i kalksten och spela döda bara för att tidsskalan ska klaffa! Nej, bänd loss dom ur deras kalkstensbäddar, tappa dom på tidvatten och badda dom med fostervatten! Väck dom! Död åt fossildöden!

Jag ryggade tillbaka, tackade för mig och backade därifrån ... långsamt men skyndsamt ...

Jag hamnade på en session som hette *"The physical properties of time and damaging control"*. En fysiker vid namn Margulis pratade om tid i fysiska termer och dess skadeverkningar på människor.

- Det råder förvirring angående fysiken bakom tid ... vi, mänskligheten, ser gärna på tid som en fysisk storhet ... vilket är ett förfärligt misstag. På föreläsningar som dessa brukar jag ta ett specifikt exempel och jämföra tid med en riktig fysisk storhet, nämligen temperatur. Som alla vet mäter vi temperatur, eller egentligen, temperaturvariationer, med hjälp av termometrar. Tänk er att er termometer hemma skulle gå sönder ... skulle då temperaturvariationerna upphöra? Svaret är förstås nej. Om ni skulle ta er till närmsta affär och köpa en ny termometer skulle den visa exakt samma temperatur som er förra termometer visade innan den gick sönder. Om däremot er klocka skulle gå sönder skulle faktiskt tiden upphöra ... i alla fall den tid som just den klockan var bestämd att mäta ... eller ursäkta mig ... mäta är helt fel terminologi när det gäller klockor eftersom de inte mäter något ... de visar bara ett förlopp i sekunder, minuter och timmar som vi har programmerat dem till. Ni som fortfarande har riktiga armbandsur man drar upp varje dygn vet att de bara visar en specifik tid så länge uret är uppdraget. Samma sak med digitala ur ... vi programmerar dem att visa exakt den tid vi vill att de ska visa. Om vi återgår till ert trasiga ur som nu stannat och inte visar något tidsförlopp. Om ni går till närmsta urmakare och köper en ny klocka kommer den inte visa exakt samma tid som er tidigare klocka utan den kommer visa en annan tid. En tid som skiljer sig med sekunder, kanske bara hundradelar men mer troligare minuter.

  En annan talare fortsatte i samma anda.

- Alla världens klockor är synkroniserade efter ett antal atomur som mäter halveringstiden av atomers sönderfall, vilket med ett annat ord brukar kallas radioaktiv strålning. Tid är alltså radioaktiv strålning vilket innebär att tidsrelaterade medicinska åkommor ska betraktas som strålningsskador och behandlas därefter. Stress, magsår, sömnbrist etc. är alla medicinska symptom av tid och ska alltså betraktas som strålningsskador orsakade av radioaktivitet.

Efter att de muntliga sessionerna var över öppnades Exhibition Hall för postersessions vilket innebar gratis öl. Jag vandrade runt bland postrarna och drack öl medan jag väntade på att klockan skulle bli sju och det skulle bli dags för Professor Steeles workshop.

WORKSHOP #1 DÖD ÅT FOSSILSÖMNEN

- Välkomna till kvällens workshop som är den första i en serie om tre jag ska hålla som en introduktion till drömtid under den här veckan.

Deltagarna tystnade och satte sig till rätta i den ganska oinspirerande konferansmiljön. Professor Steele intog podiet.

- Jag har valt att kalla kvällens workshop "*Geological Time-Scales and Beyond*" men skulle lika gärna kunna kalla den "*An Introduction to Futurontology*". Futurontologi är läran om framtida liv i motsats till paleontologi som är läran om utdött liv. Som ni förstår är paleontologi och futurontologi nära förknippade med geologiska tidsskalor och vad alla dessa ämnesområden har gemensamt är tid. Tid är ett centralt begrepp inom geologin och geologiska tidsskalor är av stor vikt inom de flesta naturvetenskaper och det är det vi ska titta närmre på ikväll.

Professor Steele bad några funktionärer bära in stora trälådor som han öppnade försiktigt.

- Det som kommer hända idag är att vi kommer ha en exkursion i futurontologi ... men kanske inte riktigt vad många av er förknippar med exkursion. För att ni ska veta vad ni ska leta efter idag tänkte jag visa er lite prover.

Ur lådorna plockade han fram "fussil", vilket han förklarade som futurontologins motsats till paleontologins fossil. Han skickade runt fussilen bland deltagarna och sedan började han rota fram kartor på kontinenters tidigare och kommande lägen och började berätta om avsättningsmiljöer, klimat och organismernas indelning i släkten, familjer o.s.v.

- För att förstå futurontologin måste man ha goda kunskaper i paleontologi samt historisk geologi. Känner man till kontinenternas tidigare rörelser ... deras klimat och förutsättningar för liv är det enklare att dra slutsatser om framtida kontinenter samt vilken typ av liv som kan tänkas utvecklas där. Allt handlar om att förstå de enskilda förutsättningarna ... vad de kan ge upphov till ... hur man tolkar dem ... samt vad man kan tänka sig att stöta på i de skilda miljöerna. Har man en stadig grund att stå på kan man låta fantasin löpa fritt. Känner man till de tidigare superkontinenterna Rodinia och Pangea och förhållandena som rådde där kan man förutsäga förhållandena på nästa, ännu namnlösa superkontinent som enligt beräkningar kommer ansamlas om ungefär tvåhundrafemtiomiljoner år. Men det allra viktigaste är förstås fältstudier ... det är en nödvändighet för att få fram säkra data ... dessutom är det vansinnigt stimulerande ... att få känna en primitiv, reducerande atmosfär fylla ens lungor ... eller spendera en hel dag på knä i ett svavelbrott under en brännande nova utan munskydd och spotta blod i en vecka efter. Eller lokalisera en månads utgrävningar till ett stinkande metanträsk. Alla vedermödor känns befogade när man slutligen får sin belöning ... när man hittar en helt ny art eller ännu bättre en tidigare okänd fauna. Jag minns när jag fann eklipsfaunan i en avlägsen framtid ... det var en härlig morgon ... den täta morgondimman hade precis lättat ... jag följde en flod av trögflytande stearin nedströms ... en grupp fluorbaserade livsformer satt i något som liknade en rutten svamp och utstötte överljudsläten. Solen började krypa över horisonten och himlen antog en svagt violett nyans. Jag kom fram till en skärning i en uttorkad flodfåra och började arbeta ... hjordar av stora betande djur rörde sig långsamt på slätten över mig ... en varelse som jag fann fastsittande på bergväggen med en tentakelliknande utväxt gjorde mig uppmärksam på en märklig struktur en bit bort ... vilket senare visade sig vara första fyndet av denna fascinerande fauna som ni säkert har hört talas om ...

Deltagarna nickade instämmande och kände genast att de hade koll på ämnet.

- Nog om det nu, låt oss sätta igång ... jag tänkte att vi delar upp oss i två grupper ... den ena sätter sig ned med kartor över nästa superkontinent som jag nämnde tidigare och arbetar på livets förutsättningar där, medan den andra gruppen får kartor över tidigare kontinenter som ni ska klippa isär för att sedan klistra ihop till helt nya landmassor och hav. Sedan jämför vi de olika resultaten ... jag tror det kommer bli riktigt intressant och är övertygad om att de olika världarna kommer korsa varandras banor vid någon punkt. Ni kommer märka hur förunderliga världar träder fram och tar form ... bara man är öppen för alla alternativ. Ni kommer bli hänförda av de mängder av vägar livet kan ta och alla de märkliga former livet kan anta. Utgå från er själva ... ta ett djupt andetag ... dra in luften från ett kommande hav ... känn hur ni står på stranden till denna jättekontinent ... sila sanden mellan tårna ... lyssna på ljuden från de böljande havsdjuren och de skrikande flygfäna ... hör det dova surret från civilisationer som sträcker ut sig inåt land och hör klampet från hjordar av jättekreatur. Sätt er i rörelse ... följ de trögflytande floderna inåt land ... över de vidsträckta savannerna ... in i de täta regnskogarna av våta pojkdrömmar ... närma er de sönderbrända öknarna i kontinentens inre där fientlig hetta härskar ... stanna till vid ett vattenhål för att dricka tillsammans med de andra varelserna ... slå läger för natten intill strandkanten och beskåda stjärnhimlen (ni känner antagligen inte igen en enda stjärnbild) ... eller förundras över städerna nere i dalarna som glöder i tyngdlös aska likt födelsemärken på åldrad hud. Tänk ohämmat … låt inte de förbannade fossilen bara ligga där och spela döda … utan bänd loss dom från deras kalkstensbäddar! Väck dom ur deras martyrsömn! Död åt fossildöden! Hitta den bortglömda strömbrytaren och tänd solstenarna åter! Fyll kattskallarna med tankar! Stöp om vätteljusen i moderkaka! Ta en tugga av kristalläpplenas gnistrande kristallfruktkött och låt det fukta dina läppar! Tappa fossilsömnen på tidvatten och fyll den med fostervatten! DÖD ÅT FOSSILDÖDEN !!!

Efter några sekunder slog frodig grönska ut innanför skallbenet … jag gnuggade tinningar av solbränd kalksten … försjunkna i ordovicisk sömn … minnen av massdöd … tyska mjölkpaket … oljeskadade alfåglar som flöt iland … och dog i kvartär … drömmar som gått fossildöden till mötes kvicknade till … jag mindes hur vi som barn samlade drivved på stränder … tog allt vi hittade … flaskor … fjädrar … fiskskelett … gamla gympaskor … fogade dom samman till vanskapta foster och lät sedan havet fylla dom med bräckt liv … skapade världar ur fossildöden …

Vi kom fram sent på eftermiddagen till en bubblande alkoholsjö och anslöt oss till de andra vid strandkanten. En hane drog handen genom sin huvudkam som glänste likt olja i vatten när solens strålar bröts genom den. Honan som han hade sällskap med sträckte sig framåt för att dricka … hennes guldblänkande pyritskelett skymtade under den transparenta silicahuden. Hanen kastade huvudet bakåt … sträckte på halsen och stämde upp i smattrande minimalistisk electronica … honans ryggfjädrar reste sig en aning … hanen drog henne intill sig och betäckte henne under vilda tjut. Varelserna runt vattenhålet flydde i vild panik … stinkande träskcykloper, blodsugande kloakapor, strypmaskar, docklika svampdjur och blodspottande broskkatter försvann prasslande in i det höga buskaget av köttätande örter …

Grönskimrande malakitriddare, trettio meter höga periskopantiloper, eldsprutande jättemyror och enbenta ökenlöpare satte av över vidderna med ett väldigt dammoln efter sig. Ett smidigt stinklejon tog tillfället i akt och valde ut en självamputerande stumphare ... smög sig på och med en enda pust fällde han bytet med sin frätande andedräkt. Stumpharen gav ifrån sig några kvidande skrik innan den föll till marken i tusen självamputerade bitar ... Uppblåsta heliumsparvar, moln av fluorescerande alger och spökänglar med tio meter mellan vingspetsarna steg virvlande mot himlen. Från tiotusenmeters höjd zoomade (med hjälp av sina okularögon) en bevingad huvudjägare in en grupp Diemer på väg norrut. Diemer är de enda organismer som uppnått odödlighet. Genom att ta över värdsjälar (stackars satar som blir besatta) har dom lyckats uppnå evigt liv och har nu vandrat på planeten i miljontals år. Huvudjägaren var väl medveten om att det är meningslöst att ge sig på dom, men en bedrift, det vore det, helt klart. Runt hans midja hängde ett trofébälte med krympta skallar av olika arter och runt halsen hängde en kedja med tänder. Han närmade sig Fungusskogarna och började sjunka nedåt i vida bågar. Att fånga en trädlevande bläckfisk skulle vara något för trofébältet. De illaluktande svampskogarna med uppåt trettio meter höga svampträd är ingen plats som han vistas frivilligt på, det krävs en alldeles speciell typ av varelse för att stå ut med dessa ruttna skogar. Han sjönk ljudlöst ner på en mjuk gren och började spana av skogen efter ett byte. På långt håll hördes utdragna skrik från en boningsko som förlöste. Boningskor är enorma däggdjur, troligen de största djur som någonsin levt på planeten Jorden. Dom består av ett tunt ozonhölje och innanför det breder ett virrvarr av gångar och hålor ut sig i varierande storlekar. Höga utväxter med ännu fler hålor och utrymmen stöttar upp organismen och överallt i dessa utrymmen myllrar det av andra organismer som bor där. Boningskorna är helt enkelt jättelika städer som lever och förflyttar sig sakta men säkert från plats till plats för att inte förbruka naturtillgångarna. Transporter till staden blir onödiga, staden kommer och hämtar vad den behöver istället. Dessutom fungerar dom nästan som slutna system. Allt som behövs för att hålla staden igång äter korna och fördelar jämt mellan stadens invånare. Och allt det avfall som invånarna producerar bryter korna ner och skiter ut. Det finns hela ekosystem som lever i boningskornas kölvatten, enbart av deras näringsrika skit.

Förlossningarna är förstås smärtfyllda, tänk att trycka ut en hel stad. Det är inte konstigt att det hörs över halva jordklotet när en ny boningsko är på väg. Ofta drar dom sig tillbaka upp i något ensligt bergsområde för att inte störa för mycket, det kan bli rätt kladdigt. Planetens invånare får reda på nyheten att en ny stad förlösts genom telepaterna, små genomskinliga varelser som utvecklat telepatisk förmåga. Dessa sköra, små varelser strövar omkring ensamma men står hela tiden i förbindelse med varandra och resten av Jordens befolkning. Alla större händelser rapporteras direkt genom telepaterna. Dom fungerar lite som kvällsnyheterna. Dom enda varelser telepaterna inte kan kommunicera med (eller kontrollera för den delen) är rymddrakarna, en art av draksläktet som sällan syns på Jorden längre. Rymddrakarna är den första och enda varelse som hittills lyckats anpassa sig biologiskt till förhållandena i rymden. Många varelser har bebott rymden och andra planeter med teknikens hjälp men aldrig lyckats anpassa sig till ett liv i rymden utan "järnlungor". Rymddrakarna tog det steg som kvastfeningarna en gång i tiden tog från vatten upp på land, från ett element till ett annat. Hur skulle det sett ut om fiskarna var tvungna att släpa med sig ett helt akvarium när dom skulle gå upp på landbacken? Nu sveper rymddrakarna planlöst omkring i världsrymden i överljushastighet, från stjärna till stjärna, från värld till värld och dom har träffat på många märkliga civilisationer och lärt sig många märkliga språk. Dom ser sig inte som "jordlingar" längre utan som interstellära organismer. Men dom kommer tillbaka till jorden en gång per liv i ett enda syfte, och det är att para sig.

En annan lustig organismtyp är solitärerna. Dom är så motbjudande med sina hudlösa, förtvinade kroppar att inga andra varelser vill ha med dom att göra. Solitärerna stryker omkring och söker efter kontakt … lite värme … lite kärlek från andra varelser men ingen vill veta av deras hemska skepnad. Därför har dom utvecklat en mycket effektiv och tilldragande egenskap som får andra varelser att söka upp dom. Det är ett sätt att ladda energi i kroppen som dom sedan kan föra över genom beröring till någon annan. Gratis energi är eftertraktat och om man bara behöver krama en äcklig liten solitär i någon timme är det värt det. En gång per månvarv kryper solitärerna ner i en skinnpung och försjunker i djup dvala. Medan dom ligger och sover laddas dom upp med hjälp av statisk elektricitet. Pungen gnider sig i ormlik peristaltik mot solitärernas hudlösa kropp som då blir uppladdad och efter ett par dagar vaknar dom fulladdade av elektricitet.

Mellan bergskedjorna rör sig iögonfallande kristaller av levande mineral i maklig fart. Zeoliter är en mineralgrupp med speciella egenskaper. De har kallats "stensvampar" på grund av deras förmåga att adsorbera och lagra vätskor och gaser i sin kristallstruktur under långa perioder för att sedan, vid behov, släppa ut dom. Men istället för att trycka ut vätskan som man gör med en svamp så hettar man upp zeoliterna och vid en viss temperatur frigörs vätskorna (namnet zeolit kommer från grekiskan och betyder kokande sten). Vid en viss tidpunkt i jordens framtid övergår zeoliterna från att vara oorganiska mineral till att bli levande organismer. Deras förmåga att binda och lagra vatten medför att de kan röra sig över vidsträckta, torra områden under långa perioder. Tyvärr blir dom även eftertraktade villebråd för ökenrovdjur eftersom dom innehåller stora mängder vatten och livsviktiga element.

Svaga skalv vittnar om mikrokontinenten som trycker på från norr. Sakta, sakta glider den upp på jättekontinentens norra kust och släpar med sig berg och jord. En bergskedja häver sig långsamt mot skyarna med toppar som sträcker sig långt över molnen. Längre söderut har en riftdal öppnat sig och sprutar lava. Allt för att sära på landmassorna och splittra upp den stora kontinenten. Men detta är bara början, fler sprickor öppnar sig, kontinenter splittras i fler små kontinenter som glider isär åt skilda håll. Populationer blir isolerade och alltmer diversifierade. Nya former av liv utvecklas för att så småningom mötas och beblandas när kontinenterna återigen krockar om åtskilliga miljoner år. Kontinenternas ensamma drift på jordens yta fortgår i evinnerliga tider. Dom spricker upp och glider isär för att långt senare krocka och tryckas ihop till stora kontinenter som även dom slits isär i små kontinenter av våldsam vulkanism ... rivs itu som papper ... som en karta som rivs sönder av ivriga studenter i futurontologi.

DAG 2

Återigen vaknade jag klockan två på morgonen. Jag hade inget minne alls av hur jag kommit tillbaka från workshopen föregående kväll. Det hade varit mycket intressant, det mindes jag, men vad som hade hänt efter att vi börjat klippa itu kartor och fundera över möjliga livsformer på de nya kontinenterna var som bortblåst. Raderat. Jag satte mig vid datorn och försökte återberätta vad som hänt kvällen innan. Jag förstod inte riktigt hur det gick till men rätt som det var så var klockan sju och jag hoppade in i duschen, kokade mig en kopp kaffe och sprang iväg till konferensen.

Jag hamnade på en session kallad *Time and activism.* Denna session dominerades av aktivister. En talare var utmärkande. En kvinna i trettioårsåldern som hette Lynn och var klädd i kängor och grön militärjacka. Jag kände igen henne men kunde inte placera henne. Hennes titel var *Time and civil disobedience* och hon refererade hela tiden till en grupp som hon kallade "De underjordiska". Enligt henne var det en grupp som praktiserade aktivt tidsmotstånd eller tidsrevolt. Vid något tillfälle råkade hon försäga säg och kallade det tidsterrorism men hon rättade sig snabbt. Hon verkade ha god insyn i denna grupp och hon sa att hon studerat dem och intervjuat flera medlemmar men om man läste mellan raderna förstod man att även hon var medlem. Förmodligen en väldigt aktiv medlem.

- Det hela är mycket enkelt ... våra liv styrs av tid och vad styr tid ... jo, klockor. Målen för tidsaktivism är alltså klockor ... De underjordiska ser klockor som vapen ... som livsfarliga redskap i händerna på maktgalna män och kvinnor ... enda sättet att inte drabbas av deras vapen är att agera och föregå dom och slå ut deras vapen. De inriktar sig främst på offentliga klockor såsom på stationer, flygplatser, bibliotek m.m. Slår man ut klockor på offentliga platser skapar man oreda och så småningom kaos. Tänk er om resenärer i rusningstrafik kommer för sent till sina avgångar så de blir kraftigt försenade och slutligen inställda. Det skulle fungera som en utlösande faktor som skulle ge ringar på vattnet. När avgångar blir inställda blir även ankomster inställda samt anslutande förbindelser. Folk skulle komma försent till arbetet, till möten, till skolor. En dominoeffekt. Det skulle bli kaos. Och tänk er vad enkelt ... en klocka på en tågstation kan man slå ut med hjälp av en enkel slangbella. De underjordiska har tillgång till specialbyggda slangbellor och kulor i lättmetall. Ett armbandsur kan man stampa sönder, likaså mobiltelefoner som tyvärr alla innehåller klockor idag.

Någon i publiken frågade om det verkligen räcker med att bara slå ut offentliga klockor ... de är ju utbytbara eller kan repareras.

- Visst är det så ... men vi börjar där ... sedan höjer vi insatserna ... det är klart att det inte är en hemlighet att vi, jag menar De underjordiska, har mer avancerade mål ... datavirus utvecklas till exempel för att slå ut klockor anslutna till nätet ... program skapas även för att spridas med hjälp av sms för att förstöra digitala klockor i mobiltelefoner, men de yttersta målen är förstås atomuren. Atomur är vapen som borde jämställas med kärnvapen ... de är radioaktiva och extremt farliga ... de håller på att förinta hela mänskligheten. Tyvärr är atomuren bevakade med alla tänkbara medel. Förenade Nationerna har en hemlig myndighet, "FN-organet för Tid" ... som kontrollerar världens alla atomur och ser till att de fungerar som de ska.

Efter hennes tal gick jag fram och presenterade mig.

- Hej Lynn ... mitt namn är Tim Glas och kommer från en svensk tidning som heter ... ehh ... Final Frontiers ... och jag skulle gärna ställa några frågor till dig vid tillfälle ... mycket intressant tal du höll förresten.
- Hej Tim ... trevligt att träffas ... vad sägs om lunch i cafeterian om en timme?
- Låter bra ... vi ses.

En timme senare slog sig Lynn ner i båset jag passat åt oss.

- Final Frontiers ... vad är det för tidning? Det är väl ingen Science fictiontidning för nördar?
- Nej nej, absolut inte ... det är en seriös tidning som kommer ut en gång i månaden med reportage om, ja alltså, vår ambition är att läsa av världsläget och snappa upp strömningar i samhället innan de nått allmänheten ... vi inriktar oss på längre, djupgående artiklar. En svensk version av Wired, kan man säga.
- Okej, låter bra, sa hon, men jag såg att hon verkade lite skeptisk. Jag tänkte att nu är det bara att köra på. Har jag en gång börjat ljuga så är det bara att fortsätta i samma takt. Vi beställde in varsin soppa med chili och öl.
- Så Lynn ... berätta hur kom du in på den här banan med tidsaktivism?
- Jag skulle inte påstå att jag har något med tidsaktivism att göra ... jag är kopplad till Berkley universitet och har studerat dessa grupperingar en längre tid.
- Har du träffat dom?
- Visst, jag har intervjuat flera nyckelpersoner ... jag kan skicka över min doktorsavhandling och några artiklar om du vill?
- Gärna ... jättesnällt. Men hur skulle du beskriva dessa grupper ... är det bara förvirrade ungdomar med huliganambitioner eller är det på allvar ... vill de verkligen förändra samhället och vårt beroende av tid?

Jag märkte direkt att jag hade träffat en öm tå när jag kallat dem för huliganer och fick en helt ny defensiv attityd som jag välkomnade.

- Det är absolut inte huliganer vi har att göra med … dessa människor har en väldigt tydlig agenda som de är beredda att gå hur långt som helst för att uppnå.
- Hur långt som helst?
- Ja, i princip.
- Är de beredda att gå i döden för att uppnå sina mål?
- Ja, somliga är det … det är jag övertygad om.
- Okej, låt mig backa lite … vad är det som fått dessa människor att organisera sig mot tiden … det är ju ett ganska abstrakt mål jämfört med andra mål för aktivister såsom kapitalism eller religion?
- All aktivism uppkommer på grund av orättvisor i samhället. Folk som agerar aktivt mot kapitalism till exempel ser hur kapitalismens rovdrift ödelägger vår planet och har förmodligen egen erfarenhet av detta … fattigdom … utanförskap …
- Jo, men tid …
- Ta mig som exempel … jag växte upp med en ensam mor som var tvungen att ha tre arbeten för att försörja oss båda. Under hela min barndom såg jag henne i princip bara när hon var hemma och bytte om eller tog en tupplur. Jag skulle kunna anklaga samhället eller kapitalismen för att de inte betalade tillräckligt bra så min mor kunde försörja oss på en lön eller att vi skulle fått mer stöd från myndigheter som socialen … och på sätt och vis gör jag det men jag attackerar det vapen som de använder … nämligen tiden. Samhället ockuperade min mors tid så jag aldrig fick tillfälle att träffa henne. Om inte min mor varit styrd av stämpelklockor hela sitt liv hade jag fått mer tid att umgås med henne och hon hade …

  Lång tystnad.
- Hon hade?

  Lynn tittade upp på mig med mörker i blicken.
- Levt … hon hade levt idag.
- Åh, ursäkta … jag visste inte … jag beklagar verkligen …

- Nä, hur skulle du kunna veta.
- Vet du vad, vi byter ämne …
- Nej, det är viktigt att detta kommer med i artikeln … lovar du det?
- Självklart.
- Min mor blev rånmördad klockan två på natten när hon skulle ta sig från ett städjobb till ett annat.
- Jag beklagar verkligen.
- Hade inte politikerna, direktörerna, myndigheterna tvingat henne att arbeta dygnet runt och sugit ut varenda sekund ur hennes liv hade hon levt idag.

Lynn blev tyst och koncentrerade sig på sin soppa.

- När hände detta?
- När jag var tolv.

Jag kände att det var tid att byta ämne.

- Så låt oss återvända till De underjordiska … hur starka tror du de är? … Är de kapabla till revolution? ... Vad har de för resurser egentligen? … Du nämnde slangbellor under din föreläsning … det låter lite, ja barnsligt faktiskt …
- De har viljan … drivkraften … de har alla ett högst personligt intresse i detta … och de har betydligt mer resurser än slangbellor … tro mig.
- Som vadå?
- Det kan jag tyvärr inte gå in på … jag har lovat att inte röja varken dom eller deras metoder.
- Finns det någon möjlighet att få träffa dom?
- Uteslutet.
- Helt anonymt … inga namn … inga platser … bara intervju.
- Nej.

Det var något med Lynn som fascinerade mig. Hon var uppenbarligen mer inblandad i De underjordiska än hon ville medge. Hon hade motiv och helt klart viljan. Frågan var hur involverad hon egentligen var. Jag fick nästan en känsla av att hon var relativt högt uppsatt i organisationen … kanske till och med deras ledare.

Efter mitt möte med Lynn tog jag en promenad ner på Larimer Street för att kolla in pulsen som alla pratar om men blev vansinnigt besviken. Larimer Street visade sig vara en riktigt tråkig gata helt utan det där storstadslivet jag hört talas om. Så jag gick tillbaka mot Grand Hyatt via Sixteenth Street som åtminstone har lite liv. När jag gick där längs Sixteenth Street slog det mig hur illa jag egentligen tycker om amerikanare. Hälften av alla amerikanare ser ut som kåkfarare. Ingen stil, ingen hyfs, slafsigt klädda. Trasiga. I Sverige skulle man bara hitta människor som de på kåken. Men det är inte bara min snobbradar som går igång på amerikanare. Det är någonting annat med dem. Någonting med deras ansiktsuttryck. I mina ögon ser de djurlika ut. De har något primitivt i blicken. Rädsla tror jag det är. Som om de förväntar sig att bli attackerade när som helst eller än värre, att de kommer attackera någon när som helst. Man känner det så fort man kliver ut på en gata i en amerikansk stad … rädslan. Jag förstår att alla är beväpnade.

På väg till kongressen imorse stoppades jag av en luffare som bad om småpengar. Jag hade inga småpengar på mig förutom några cent vilket jag trodde han skulle ta som en förolämpning så jag gav honom mitt kaffe som jag bryggt på rummet. Han tackade, nickade och lufsade vidare. Det jag reagerade på var att han inte hade några skor. Istället hade han ett chockerande antal sockor som gjorde att det såg ut som om han led av klumpfot. Utanpå dessa två klumpar hade han ett par slitna och uttänjda badtofflor. Dessutom såg han förskräcklig ut i ansiktet. Rödsprängd och full av något som bäst beskrivs som skorv.

Jag gick tillbaka till konferensen via 7-Eleven och köpte med mig ytterligare en sandwich (tredje bara idag). Innehållsförteckningen fick mig att slänga skiten innan jag öppnade den.

OVEN ROASTED TURKEY & AMERICAN CHEESE ON WHEAT BREAD

Ingredients: Wheat bread (flour (wheat fluor, malted barley fluor), water, cracked wheat fluor, sugar, palm oil, yeast compressed, salt, emulisifier (monoglyceride and citric acid), anti-staling agent (wheat fluor, enzymes, and soybean oil) calcium propionate (to retard spilage), caramel color, dough conditioner (wheat fluor, diacetyl tartaric acid esters of mono diglycerides (datem) contains 2% or less of: L. cysteine, enzyme, ascorbic acid, azodicarbonamide (ADA)), sodium stearyl lactylate), oven roasted turkey (turkey breast, turkey broth, dextrose, salt, sodium lactate, modified food starch, tapioca starch, carrageenan, sodium phosphate, sodium diacetate), cheddar cheese (milk, cheese culture, salt, enzymes), milkfat, water, sodium citrate, salt, sodium phosphate, sorbic acid as a preservative, oleoresin paprika (color), annatto (color), with starch added for slice separation) contains milk, soy, and wheat.

WORKSHOP #2

- Välkomna till tillfälle två i denna workshopserie om drömtid och omstämning.

Professor Steele ler varmt mot deltagarna och sträcker ut sina händer som en riktig sektledare.

- Ikväll ska vi utforska vår drömvärld ... identifiera drömmönster ... och lära oss att utnyttja dessa drömmönster för att bättre förstå oss själva ... vår bakgrund och vår framtid. Jag vill att ni alla tänker på en återkommande drömsekvens ... en dröm som har återkommit under hela ert liv. Vi bär alla på sådana drömmar och de reflekterar något djupt inom oss. Tim, vill du börja?
- Ehh, ok ... jag kommer att tänka på en dröm jag haft ända sedan barnsben som involverar ett ödetorp inne i skogen. Jag drömmer om hur jag springer i ren panik genom en mörk skog ... det regnar och blåser och jag känner mig förföljd. Jag springer ... halkar ... ramlar ... stukar ena foten men fortsätter springa i ren desperation. Jag har andan i halsen och jag hör vingslag bakom mig som hela tiden knappar in. Det är torra, snabba vingslag och när jag hastigt tittar bakom mig ser jag silhuetterna av stora, svarta kråkfåglar som jagar mig. Jag kan känna deras fuktiga, råa andedräkt stinka död.

Mitt hjärta slår dubbla slag och jag får extra kraft och slungar mig genom skogen. Till slut når jag en glänta i skogen och där, mitt i gläntan står ett ödetorp som blir min tillflyktsort. Jag sjunker ner på golvet och svimmar av utmattning. När jag vaknar upp är det morgon och ovädret har upphört. Jag tittar mig omkring och ser att det är ett riktigt ruckel jag tagit min tillflykt till. Det är ett fallfärdigt ödetorp som säkert övergavs för över hundra år sedan. Jag är medtagen, trött och hungrig. Jag stapplar ut genom dörren för att se mig om. Jag hittar en pöl på marken med smutsigt vatten men jag är så törstig att jag faller på knä och dricker direkt ur pölen ... som ett djur. När jag ställer mig upp och vänder mig om för att stappla in igen tittar jag upp på dörrposten och ser ett namn inristat på en illa tillverkad skylt. På skylten står det Kråkero.

- Vad tror du det symboliserar Tim? Namnet alltså, frågar Professor Steele.
- Jag vet inte ... jag har ett svagt minne av att jag och mina föräldrar var ute på en långpromenad i en skog i Småland ... en region i Sverige med mycket skog ... och stötte på ett torp som lämnats öde och var förfallet. Jag minns att det gjorde stort intryck på mig.
- Mmh ... intressant ... men vad är din relation till kråkfåglar ... eller låt oss säga fåglar i allmänhet?
- Ja, jag vet inte ... min far var, förlåt, är fågelskådare och som barn följde jag ofta med honom ut i fält och skådade fåglar ...
- Intressant ... var det något du inte tyckte om men blev tvingad till?
- Nej, jag tyckte om att skåda fåglar och det händer än idag att jag följer med när jag har tid.
- Jaha ... hmmm ... låt oss återvända till torpet ... vad händer mer när du befinner dig i torpet?
- Jag stannar kvar i torpet under en längre tid och kurerar mig ... den första tiden är jag sjuk ... har hög feber och är väldigt svag men allteftersom blir jag starkare och ... och ...

- Och?
- Jag höll på att säga att jag lämnar torpet men jag tror aldrig jag gör det i drömmen ... jag har inget minne av att jag någonsin lämnar torpet i drömmen ... jag blir aldrig tillräckligt stark.
- Mycket intressant ... mycket intressant ... nu vill jag att vi alla bildar oss en mental bild av Tims hus i vårt inre ... tänk er att ni är där ... att ni har blivit jagade genom en mörk skog av ett osynligt hot men att ni slutligen kommit fram till en tillflyktsort där ni för tillfället är säkra och trygga. Tänk er att ni ligger på golvet i detta fallfärdiga ruckel ... hur dagarna och nätterna passerar medan ni ligger där och tillfrisknar ... ni har mycket tid att tänka ... tänka igenom ert liv ...

Mörkret slöt sig omkring mig ... på håll hörde jag det torra, frasande ljudet av vingar som skar genom luften ... det kändes som om min kropp förflyttades men att mitt medvetande blev fördröjt ... det var lite som att se sig själv på film ... jag minns att jag stod utanför torpet och betraktade namnet på skylten över dörren. Jag läste namnet om och om igen som om jag försökte komma underfund med nån underliggande betydelse i namnet ... "Kråkero" ... lät som ett typiskt namn på ett gammalt torp ... namnet anspelar på kråkfåglar som oftast får spela rollen som dödens sändebud ... och "ro" anspelar också på döden ... att få ro ... sista vilan ... är det här torpet min version av porten till himmelriket? ... eller är det min version av skärselden? ... nej, nu får det vara nog ... jag tror varken på himlen eller limbo ... det behöver inte ha med döden att göra alls ... jag dör faktiskt aldrig i drömmen ... tvärtom är jag döende, eller i alla fall illa tilltygad när jag kommer fram men tillfrisknar under min tid där.

- Vet du vad det innebär att drömma om vingar? Frågade professor Steele.
- Nej.

- Inom drömtydning förklaras drömmar som innehåller utväxande vingar att det visar på "personliga kvaliteter som en visionär pionjär" eller att man besitter "högre nivå av etik och moral än världsliga lagar". Dessutom betyder det att man kan se in i framtiden och att man snart kommer få budskap från en okänd högre auktoritet. Man kan även tolka det som änglavingar.
- Ojoj, vilken egoboost … jag tror allt det där överensstämmer på mig.
- Låt oss ta den närmsta vägen genom dina drömmar … fågelvägen … fågelvägen är alltid den närmsta vägen … markera bara två punkter och dra en linje mellan dom. Ställ om era inre ur … stäm er efter drömtid … där avgång är detsamma som ankomst … där tidtabeller är gåtor de lärda försöker lösa … där väntsalar fylls utan avtalad tid … där år, månader, dagar koagulerar till ögonblick … där vi tar en dag i sänder och ställer den inför rätta … där ur och klockor klassas som vapen och det är livstid på att spänna hanen i ett ur … där det är förenat med livsfara att dra upp ett ur … ställa en klocka … se bara på Jim som bokstavligen löstes upp av tickandet från ett väggur … rycktes ur rumtiden för att aldrig bli funnen igen …

Jag pressar mig till det yttersta … leran under mina fötter gör marken hal och jag ramlar gång på gång men är lika snabbt uppe … regnet öser ner och dämpar ljudet från trädkronorna som vajar i vinden … bakom mig hör jag slagen av vingar komma allt närmre … jag känner blodsmak i munnen och jag kippar som en fågelunge för att få luft … pulsen bultar i tinningen och det känns som om hjärtat ska hoppa ur kroppen men jag fortsätter springa genom den nattsvarta skogen. Regnet och natten är som en vägg framför mig … jag kan inte se handen framför mig men jag slungar mig själv framåt i mörkret i ren desperation … jag känner dödens andedräkt flåsa mig i nacken och ljudet av benhårda näbbar som slås igen bakom mig … plötsligt viker sig marken under mina fötter och jag faller handlöst genom mörkret … med en duns landar jag på marken nedanför … jag har kanske fallit fem, sex meter men jag reser mig upp igen … känner hur det bränner till i sidan och hur högerfoten viker sig … med handen känner jag att jag blöder ymnigt i sidan och foten är antagligen stukad men vingslagen kommer allt närmre och jag kastar mig ut i mörkret … ut i blindo … bara bort från mina förföljare … bort från andedräkten som luktar dött djur … as … död … bort från dom klapprande näbbarna som glänser rödblodiga i natten …

Jag kommer till slut fram till något som liknar ett hus … jag kastar mig in genom vad jag tror är dörren … ett brak av ruttet trä och jag flyger rakt genom rummet och slår i väggen på motsatta sidan … jag slår i huvudet och svimmar … det sista jag hör är frasande vingslag som cirkulerar runt huset där ute ...

När jag vaknar har det ljusnat och regnet har upphört ... solen strålar genom fönstret och sticker i mina ögon … jag reser mig upp och känner hur hela kroppen bara ger efter … jag sjunker ihop mot väggen … fötterna är stukade … ena handen stukad … i pannan har jag levrat blod och från min högra sida blöder jag fortfarande … det strålar varmt och infekterat … jag lyckas till slut ställa mig upp … ta mig genom rummet och titta ut genom gluggen. Därutanför ligger en äng i behagligt lugn och speglar solstrålarna i daggen. Jag tar mig ut och faller ihop vid en vattenfylld grop som jag börjar dricka ur … det smakar unket och ruttet men jag är så törstig att jag dricker upp vattnet. Det visar sig att jag hamnat i ett övergivet torp … förfallet, ruttet och i princip fallfärdigt … fönster och dörrar saknas … stora hål i väggarna och taket gapar glupskt mot mig, och när jag tittar in ser jag att golvet bara är jord med enstaka grästuvor. Jag känner mig hungrig och jag är i stort behov av något ätbart men hur mycket jag än letar hittar jag inget som duger som föda. Jag tuggar på lite gräs för att stilla hungern och tar några nävar vatten ur den stillastående vattenpölen. Hela dagen har jag suttit lutad mot väggen och tittat på kråkorna borta i skogsbrynet ... dom verkar vänta på något ... men dagen går vansinnigt fort och det börjar skymma ... jag stapplar in och lägger mig under några pappkartonger jag hittar bredvid den förfallna spisen ... precis ovanför dörren hänger en liten skylt täljd i trä där namnet "Kråkero" står inristat i darriga bokstäver ... mörkret lägger sig fort och snart hoar ugglorna där ute ... febern har kommit krypande ... antagligen på grund av mitt infekterade sår som jag inte kunnat tvätta på hela dagen ... jag pendlar mellan sömn och halvvaket tillstånd ... den höga febern gör att jag yrar men jag måste hålla mig blixtstilla och knäpptyst för där ute har dom svarta fågeldemonerna börjat cirkulera igen. Jag kan se deras siluetter mot väggen ... förvanskade av månskenet ... dom stryker omkring huset och verkar vilja komma in men verkar inte hitta en ingång eller så är det något som håller dom på avstånd ... klapprandet av näbbar ökar och frasandet av torra vingar som skär genom nattluften kommer närmre ...

Jag vänder mig om med armen runt hennes midja och luktar på hennes hår. Det luktar flera dagars parfym, svett och sex. Smeker henne över höften och ner längs låret. Hon andas tungt med undantag av ett svagt pip som slipper ut ibland. Jag smeker med handen över hennes bröst, cirkulerar med fingret runt hennes bröstvårta, ner över magen som häver sig varje gång hon andas, snuddar vid hennes könshår så hon rycker till. Jag kysser henne i nacken, härliga dofter når mig och mitt stånd dunkar mot hennes ryggrad. Hon sträcker på sig, visar några dagars stubb i armhålan, hennes lår glider sakta isär så jag kan smeka henne. Hon låter tyst, mycket tyst ... dova suckar i kudden. Hon gnyr högre och vänder sig om och vi kysser varandra. Mina läppar känns så mjuka och varma när de möter hennes hårda, kalla näbb. Hon särar på sin svarta näbb och våra tungor möts. Min mjuka, fuktiga mot hennes sträva, kluvna. Hennes andedräkt slår emot mig och det smakar dött djur, ruttet as. En pust av ljummen, röd död fyller rummet. Ett visslande slipper ur hennes strupe när hon kommer i hävande, oscillerande vågor. Hon klipper med ögonlocken mot mig, böjer huvudet bakåt och säger "jag älskar dig" på ett tjattrande språk. Vi kysser varandra igen, hon vänder sig om och somnar om.

Jag reser mig upp i sängen med händerna sträckta rakt ut. Jag är fullständigt förvirrad och desillusionerad. Jag känner hur paniken bryter ut och jag ropar.

- Hjälp! Hjälp! Var är jag? Vem är jag?

Ur varje por i min kropp skjuter kolsvarta fjädrar ut och från skulderbladen växer två stora vingar fram som jag fäller ut och slår några snabba slag med. Vingarna skymmer hela taket och dom frasar torrt när de slår emot väggen. Jag fäller in dom längs ryggen och hoppar upp med enorm styrka på sänggaveln där jag sätter mig och väser korthuggna ord ur min svartskimrande näbb. En unken lukt av ljummen, röd död sprider sig i rummet ... i träden utanför vaknar fåglarna och börjar väsnas ... svarta moln stiger mot natthimlen ... världen tystnar och håller andan ...

DAG 3

Poolmusik. Skärmen till min laptop blängde anklagande på mig. Den ville ha ord ... den ville bli skriven på. Jag satt och stirrade på heltäckningsmattan och lyssnade på musiken från poolen. Efter ett tag började mattan röra sig i takt till musiken. Mönstren svängde fram och tillbaka och dansade i vågrörelser längs golvet. "Du behöver sova Tim", sa jag till mig själv men det gick bara inte. Istället öppnade jag en öl till. Mängden tomma ölburkar på rummet började bli pinsam. "Varför städar de inte bort tomburkarna? Lämnar de dem här för att jag ska få dåligt samvete? Vill de att jag ska sitta här och titta på berget av ölburkar och känna att jag är en jävla loser? En halvalkis som borde ta sig i kragen?". Jag blängde ondskefullt på burkarna och rusade plötsligt upp. Med en svingande armrörelse fick jag ner dom allihop på golvet och sen började jag, helt utan koordination, sparka in dom under sängen. Det var svårare än jag trott men till slut låg de alla under sängen och jag kunde återigen sjunka ner i skinnfåtöljen. "Fan, jag måste skärpa mig ... trasha hotellrum är en sån kliché". Jag slog på teven och zappade mig igenom reklam, nyhetsprogram, sitcoms och enstaka filmer. Bara skit. Till slut fastnade jag för en dokumentär om en konstnär som gjorde knulldockor i silikon. De var tydligen väldigt populära och han gjorde dem i båda kön. Allting verkade mycket seriöst (eller relativt seriöst i alla fall) innan de mot slutet släppte lös tre kvinnor som skulle prova en manlig docka. De bytte genast storleken på kuken från en alldaglig storlek till en jättestorlek och sen tog de av sig kläderna. Det visade sig att de hade anlitat riktiga porrskådisar för att prova dockorna och man fick se allt. Jag var tvungen att kolla att jag verkligen tittade på en vanlig tevekanal och inte råkat sätta igång Payperview. Till min stora förvåning var det en vanlig kanal. Jag blir alltid lika fascinerad över vad som visas på vanliga kanaler utomlands. Vi i Sverige är ju kända över hela världen för vår sexuella frihet men något sådant skulle aldrig visas på svensk teve. Jag minns en annan gång då jag låg och slözappade på ett hotellrum i Tyskland. Köln, har jag för mig att det var och jag fastnade för ett sånt där quizprogram där de visar enstaka bokstäver i ord och tittarna får ringa in och gissa vilket ord det ska vara. Det här programmet var precis som de vi har i Sverige med den skillnaden att programledaren var en bystig blondin i bikini. En bit in i programmet (relativt snart efter att jag börjat titta) tar hon av sig överdelen av bikinin. Helt utan anledning. Det var ingen som vunnit nåt utan det var bara så det skulle vara. Det var programidén. Något sådant skulle heller aldrig visas i Sverige vilket man får vara hemskt tacksam för. Det har ju ingenting med sexuell frihet att göra utan det är ren kvinnoförnedring. Och det är väl där skon klämmer egentligen. I USA jämställs porr med sexuell frigörelse, det är normaliserat. De får moralpanik om någon visar naveln offentligt men porr är ok. Det är helt naturligt att män kollar porr och det uppmuntras till och med. I Sverige är det mer så att det är ok med porr så länge man är medveten om att det är kvinnoförnedrande. "Titta om du måste men ha för guds skull dåligt samvete under tiden". Och håll det för dig själv, berätta inte för andra att du gör det ... det är skämmigt att kolla på porr.

Till slut fick jag nog, slet på mig skorna, ut i loungen och ner med hissen till plan fyra där poolen låg. "Om den nu ska hålla mig vaken hela natten kan jag lika gärna ha någon nytta av den". Till min förvåning var dörren öppen och jag klev in. Helt plötsligt var det som jag irriterat mig på så länge och velat bli av med riktigt lockande. Poolen var helt tom och ljuset var dämpat. Musiken var dov och lugnande … riktigt mysigt faktiskt. Det slog mig att jag inte hade några badbyxor men å andra sidan var jag helt själv och det var knappast någon som skulle komma på tanken att bada tre på morgonen så jag tog av mig och hoppade i med bara kalsonger. Det var en fantastisk känsla att flyta runt där i poolen. Tyngdlös av en annan anledning än alkohol och sömnbrist. Jag flöt runt på rygg och tittade på reflektionerna av vattnet som bildade ett komplext mönster i taket. De påminde lite om de drömmönster jag sett tidigare på föreläsningen om drömtid. Jag vet inte hur länge jag låg i men säkert en timme. Mitt lugn stördes av att en man i medelåldern kom ner och började köra trampmaskin i det intilliggande gymmet. "Slut på lugnet", tänkte jag och smög upp och torkade mig. Jag ville inte att någon skulle se att jag badat i underkläderna. Jag vet att jag själv hade blivit galen om jag sett nåt äckel bada i sina gamla fillingar. Fy fan.

Jag gled in på dagens Plenary Lecture, såg Lynn sitta på en stol i ena hörnan och gick dit.

- Är det ledigt här?
- Visst, slå dig ner.

En representant från American Dream Ore Association gav en presentation om drömmalm som en utvinningsbar resurs, ungefär som järn- eller kopparmalm. Faktum var att presentatören, som var "informationsansvarig", var hämtad från malmindustrin. Han hade tidigare arbetat för Boliden vilket kändes som ett märkligt sammanträffande. Eftersom han var strikt bunden av företagssekretess kunde han egentligen inte förklara vad de höll på med men om man läste mellan raderna förstod man att det handlade om att utveckla ekonomiskt hållbara metoder för att utvinna drömmalm, alltså komma åt människors undermedvetna.

- Inception är som alla vet en ren Hollywoodprodukt ... och det finns ingen chans i världen att vi någonsin kommer att komma i närheten av vad de gör där.

Lynn lutade sig mot mig och viskade.

- Såg du hur han sneglade upp i taket när han sa det där?
- Ja?
- Han ljuger.

PR-killen från Boliden fortsatte.

- Jag menar, det är ju inte industrispionage jag står och förespråkar här ... nej, det här handlar om produktplacering ... att optimalt, till hundratioprocent, kunna anpassa reklam och marknadsföring till våra klienter. Känner vi till våra klienters innersta drömmar och fantasier har vi möjlighet att designa produkter efter deras undermedvetna behov. Jag får höra dagligen från våra försäljare att människor handlar efter invanda och påtvingade mönster från samhället. Det är förvånande lite av allt det folk köper som de egentligen vill ha. En marknadsundersökning som utfördes utanför Wal-Mart i Massachusetts visade att nittio procent av alla kunder som kom ut var missnöjda med sina inköp. Somliga var mycket ärliga och erkände att de hellre hade lagt trettio dollar på en vibrator i rosa silikon än en batteridriven vinkork men visste att vinkorken skulle bli mer accepterad i personens sociala umgänge än en rosa dildo. Alltså, vet vi exakt vad folk vill ha kan vi erbjuda dem skräddarsydda reklamkampanjer som motsvarar deras innersta önskningar.

Nej, jag höll med om att det inte var industrispionage men någon annan typ av spionage var det absolut tal om och ingen mildare form heller ... det handlade helt enkelt om integritetsspionage. Jag kände hur mentala spioner klädda i vit trenchcoat strök runt i mitt inre. Ett frö av paranoia hade sådds och börjat gro. Lynn tog mig tillbaka till verkligheten med våldsam effekt.

- Det gör mig så förbannad att kommersiella intressen har blivit så tongivande. Här försöker vi utforska människans drömvärld för att bättre förstå hennes innersta väsen och få möjlighet att utveckla det och så kommer företag in och ska göra pengar på det. Du vet, det har blivit "big business", riskkapitalister stödjer företag som prospekterar drömmalm. Det är inte långt kvar innan de har hittat en metod att bryta människors drömmalm på ett ekonomiskt sätt, alltså en metod som ger vinst. Tänk dig själv, vad kan vara mer lönsamt än folks innersta hemligheter och fantasier, en direktuppkoppling till människors undermedvetna. Varken priset på guld eller blodsdiamanter kan någonsin komma upp i de summorna som drömmalm kan generera, det är framtiden.

För mig lät det som ren sci-fi men å andra sidan gjorde det mesta det på den här konferensen, det var nästan som om jag började känna mig gammal, jag hängde inte med längre.

- Hur skyddar man sig? Frågade jag.
- Skyddar sig? Mot dom där? Du vet väl att det alltid är de med pengar som vinner.
- Inte nödvändigtvis.

Lynn tittade på mig med mörka, frågande ögon. Det kändes nästan som om hon hade hoppats på det svaret men aldrig trott att hon skulle få höra det. Det var som om jag hade klarat ett test och jag kunde förnimma en känsla av stolthet från hennes sida, ungefär som om hon var min mentor och att mitt svar var hennes förtjänst. Det var mitt förbannade svar. Punkt slut.

Hon sa inget mer under hela den sessionen men jag kände på mig att det skulle komma senare.

Jag mötte åter Lynn vid lunch.

- Du ser trött ut, sa hon.
- Mmh, sov dåligt.
- Jag letade efter dig igår men kunde inte hitta dig efter workshopen … tänkte introducera dig för några personer.
- Nää, jag … jag … jag gick tillbaka … till hotellet alltså. Jag var rätt trött. Steeles workshops tar på krafterna.
- Jo, tack … jag vet, men det är också meningen … jag har själv gått igenom det där.
- Jag känner mig liksom lite … åksjuk efter hans workshops … som om dom påverkar mig fysiskt.
- Mmh, jag vet … faktum är att hans metod påverkar lika mycket biologiskt som psykologiskt.
- Biologiskt? Hur menar du?
- Det är svårt att förklara … du kommer förstå längre fram.

Det kändes som om min hjärna var mos och jag orkade helt enkelt inte gå in i detalj så jag släppte det. Jag var helt slut, satt och svettades och darrade. Det var ansträngande att bara föra ett samtal. Varje mening var som ett joggingpass. Jag försökte få diskussionen på en mer alldaglig nivå, inte så ansträngande.

- Ska du inte äta?
- Nej.
- Nehej, är du inte hungrig?
- Precis.

Nehej, inte det. Okej, jag ger upp.

- Du, jag ska bara gå och hämta en kopp kaffe.
- Okej.

När jag kom tillbaka var Lynn borta.

WORKSHOP #3 TIMMEN ÄR SLAGEN

- Jaha, gott folk ... dags för det tredje tillfället i den här serien av workshops om drömtid. Jag ser att det tillkommit några nya ansikten ... det är roligt ... men ni måste komma ihåg att de som varit närvarande under de tidigare tillfällena har kommit betydligt längre än ni ... bara så ni är medvetna om det och har det i åtanke under våra övningar.

De nya deltagarna nickade införstående och vi som varit med under de andra sessionerna kändes oss genast lite mer erfarna och faktiskt en aning bättre än de nytillkomna.

- Idag ska vi diskutera tidrumbegreppet ... ett inte helt okomplicerat koncept. Som ni alla vet är tid och rum intimt associerade med varandra ... och enligt somliga, till exempel Einstein, helt oskiljaktiga ... vilket vi alldeles strax ska se är rent nonsens. Jag tänker absolut inte gå in på några fysiska eller naturvetenskapliga resonemang ... de har sin uppfattning om tid och rum och vi har vår uppfattning. Vi ska utforska relationen mellan tid och rum med hjälp av en övning ... en litteraturövning. När man konstruerar en berättelse eller för den delen skriver andra typer av texter som reportage eller dagböcker konfronteras man ständigt med problem som är relaterade till tid och rum. För det första måste man välja vilket tempus man ska skriva i. Ska man välja presens, perfekt, pluskvamperfekt? För en författare är det centrala begrepp i berättandet och sånt som är avgörande för berättelsen. För erfarna författare går det utav sig själv och de behöver sällan bestämma sig i förväg för tempus ... de har sitt sätt att berätta och skriva och däri ligger redan tempus inbakat. De berättar med det tempus som de ser världen på. Det andra centrala begreppet för en berättelse är rummet ... var berättelsen utspelas. Det är betydligt viktigare än man kan tro och mycket av en berättelse ligger i just rummet och inte i handlingen. Faktum är att handlingen ofta får stå tillbaka för beskrivandet av rummet.

Professor Steele tog en klunk mineralvatten och tittade ut på deltagarna.

- Jag hoppas ni tog med er en stor portion fantasi för idag ska ni få skriva ... men var inte oroliga, det är ingen litteraturtävling ... det jag vill att ni ska tänka och fokusera på är handlingen ... se på rum som enbart rekvisita ... ett hjälpmedel i berättandet ... och tid som, ja, faktum är att jag vill att ni ska bortse från tid ... haka inte upp er på tempus utan sätt bara igång och skriv. Efteråt kan vi se vad ni undermedvetet valde för tempus och om ni blandar tempus under berättelsens gång ... utifrån det kan vi faktiskt göra en grov profilering av er personlighet och hur ni ser på världen och er omgivning men framförallt hur ni uppfattar tidens gång.

En kvinna frågade Professor Steele vad han menade med att behandla rum som enbart rekvisita.

- Använd det som ett hjälpmedel ... utgå inte från rum som till exempel en miljöbeskrivning när ni berättar utan använd rummet enbart som någonting ni förlägger er berättelse i. Det betyder att ni kan behandla rum och miljö på ett ... hur ska jag säga ... respektlöst sätt. Ni kan plocka från olika miljöer och sätta ihop er egen scen som ni vill ha den ... se hus, träd, möbler ja, till och med kroppar som rekvisita och att ni kan gå in och ut ur rum helt utan tanke på fysiska regler.

- Betyder det att vi kan gå in och ut ur kroppar som vi vill också?
- Självklart ... det är precis så ni ska tänka ... sätt er över vanliga rumsliga perspektiv och se inte deras begränsningar ... placera er själva i berättelsen som en betraktare ... någon som befinner sig i bakgrunden och spelar in hela förloppet.
- Men hur ska man börja? Ofta börjar en berättelse med en miljöbeskrivning.
- Utgå från något annat i berättelsens begynnelse ... som musik ...

... nedtoning till tonerna av country & western.

Traktens odåga och gangster Bill Winston, även kallad "Sekundbill", kliver in på baren med saloonsdörrarna svängande bakom sig. Han slår sig ner i ett bås och viftar till sig den nonchalanta servitrisen som kommer svajande åt hans håll.

- Två öl och låt det gå fort.

Baren är försänkt i ett slumrigt dis. Vid ett bord längst in i den bortre hörnan sitter jag och antecknar på en solkig servett. Målar upp kulisser till en tät västernhistoria. Ägaren svabbar av bardisken med en sur trasa och muttrar över slarviga gäster. I det motsatta hörnet sitter två fetlagda, berusade män och spelar poker. Vid varje bord sitter folk ensamma, tyst hängande över sin öl. Ingen tittar upp eller försöker få kontakt med någon annan i lokalen. Alla verkar vänta på någon eller något. Det är mer väntsal över stället än bar. Människor kommer och går i en jämn ström ... ankomster och avgångar utan slutdestination. Kulisser alla människor känner igen sig i befolkade med stereotypa statister.

Sekundbill vänder sig till sin svagsinta kompanjon, även kallad Kamrern, och frågar.

- Hur ligger vi till med kassan efter det senaste jobbet?

Kamrern krafsar nervöst i den stora kappsäcken med pengar och får små epileptiska fnitteranfall när han räknar ihop dem.

- Lååångt över budget tjefen.
- Bra, då har vi råd att roa oss ordentligt. Bartendern! Jag vill ha fullständig service ikväll! Skaffa fram gycklare, clowner, skäggiga damer och jonglerare! Ge oss spåtanter, trollkonstnärer, lejontämjare och ormtjusare! Vi vill ha stans bästa musiker, obegränsad tillgång till sprit och tio fnask av värsta sorten. Här ska svinas!

In kommer stans hjälte, Jesse "Moturs" Jameson, med sådan elegans och stil att svängdörrarna knappt rör sig. Han glider fram till bartendern och beställer ett glas av husets finaste röda.

- Flotta gäster ikväll, Joe, säger han syrligt och sneglar på Sekundbill och hans barbariska cirkus borta i hörnet.
- Höjer verkligen nivån på stället med åtskilliga mått. Jag tror jag tömmer mitt glas och kommer tillbaka senare.

Jesse "Moturs" snor runt med näsan i vädret och går mot dörren.

- Nämen, ska du redan gå? Vrålar Sekundbill. Vad är det som är fel? Duger vi inte som sällskap, eller? Ska det vara finkulturell elit för att herrn ska trivas? Duger det inte med vanligt slödder som oss?
- Jag föredrar att gå någon annanstans.
- Kom hit nu herr fisförnäm och slå dig ner.

Två anabolstinna gyttjebrotterskor med mustasch ställer sig för utgången som en jättelik mänsklig vägg. Jesse "Moturs" finner det lönlöst att göra motstånd och väljer att slå sig ner hos Sekundbill och hans dekadenta gäng.

- Vad sägs om ett parti poker?
- Vad är insatsen?
- Jaa, vad sägs om livet?
- Du menar döden.
- Du kan kalla det vad du vill, spännande lär det bli i alla fall.

Spelet går som väntat, till Sekundbills fördel, och Jesse leds ut ur baren av två väldiga gorillor. Ute på gården kastar en kostymcowboy ett rep runt en stor ek och slår en ordentlig snara om ena änden. Jesse "Moturs" puttas upp på en pall och får snaran om halsen.

- Du skulle aldrig godtagit insatsen, jag är flerfaldig mästare i poker. Men, men, spelets regler säger att detta är mitt pris och jag tackar inte nej till en död snobbcowboy.
- Gör vad du ska ditt nergångna gamla fyllo. Jag är trefaldig mästare i reinkarnation så jag har inte mycket att oroa mig för, viskar Jesse tyst för sig själv.

Bartendern klättrar upp på en stege bakom baren och stannar uret på väggen och gästerna följer hans exempel och stannar sina klockor. Det blir alldeles tyst av förväntan. Prasslet från ekens löv i vinden fyller gårdsplanen och folk drar efter andan. Sekundbill nickar åt den utklädda cowboyen och han sparkar undan pallen. Jesse "Moturs" blir hängande i repet, med benen sprattlande och kroppen som häver sig i vågor innan den blir slapp och livlös.

- Så ska ett ordentligt parti poker gå till. Bartender, bjud laget runt! Det här ska firas.

När alla gått in och återvänt till sitt drickande börjar Jesse lirka upp knutarna till repen som han är bakbunden med. Så snart repen är av tar han av sig snaran och dimper ner till marken. En rodnad sprider sig runt halsen men Jesse ställer sig upp och borstar nonchalant av sig dammet.

- "Det går inte att begrava de ur tiden redan gångna, sa dödgrävarn och dog".

Jesse "Moturs" Jameson lunkar sakta nerför huvudgatan visslandes på "A lonesome cowboy" alltmedan solen slår ut sin röda solfjäder över hustaken.

Sekundbill festar vidare hela natten tills han får se notan och blir så ursinnig att han med ett "bamf", likt ljudet från en kopieringmaskin, försvinner ur rumtiden med en svag lukt av svavel hängandes kvar i luften.

- BRYT! ropar regissören. Omtagning, och försök att vara mer övertygande som råbarkad tidsresenär den här gången. Det är redan barnförbjudet som det är så det är bara att gå loss med vidrigheterna.

Med några enkla omformuleringar blir rekvisitan suddig i kanterna och antar skepnaden av en utomjordisk koloni. Statisterna från baren förvandlas till små, grå varelser med stora svartskimrande onyxögon. Utomjordingarna sitter på rad längs en metallskimrande vägg och dricker ryggmärgsvätska ur döda människor med små sugrör i varierande färger. Sugrören är instuckna i hål längs ryggraden på de livlösa människorna som sitter uppspända med seg spindellik väv på den metallskimrande väggen. Varje människa förser fem, sex utomjordingar med klarflytande märg som de suger i sig med långdragna schlurpanden. De som inte får plats på marken sitter fastnaglade på väggen med svarta, sylvassa hullingar.

Ett telepatiskt insektsskrik går som en stöt genom varelserna och deras uppmärksamhet riktas åt ett annat håll. Ledaren kommer gående emot dom med sin guldlegerade käpp hyttandes i luften. Ledaren är längre och grövre än dom andra med tydliga ansiktsdrag som utmejslade ur kvarts. Grova, flottiga och med mussliga brott. När han höjer handen mot solen syns simhuden mellan hans fingrar. Snabba kommandon ryts med elektrifierad telepati och underhuggarna sprids åt alla håll. Kvar blir bara en hög med färgglada sugrör.

- BRYT!

På långt håll hörde jag Professor Steeles röst mässa.

- Skrivandet fungerar som inspelning. Författarens tankar och idéer översätts till ord och meningar som i sin tur fogas samman till scener. Scenerna möbleras med rekvisita och lämpliga kulisser och befolkas med skådespelare och statister. Och allt detta kontrolleras av den allsmäktige Författaren/Regissören som kan göra precis vad han vill. Han kan låta personer dö, födas, knulla eller åka till månen. Han kan sätta eld på kulisser, arrangera översvämningar eller låta resa väldiga pyramider. Regissören kan kasta om scenerna hur han vill, klippa ned dom till enstaka ögonblick eller göra omtagningar om han inte är nöjd. Han kan låta scenerna utspelas i vilket tempus som helst och det gör inget om tempus skiftar under händelsernas gång (när man är fast på dröm är tempus oväsentligt). Ingenting behöver vara sant eller "möjligt", bara det är ärligt och tillräckligt trovärdigt för regissören själv. Erfarenheter kan blandas med rena fantasier, realism med surrealism, kunskap med rappakalja. Det man har framför sina sinnen vid ett specifikt ögonblick är det som fastnar på filmen. Han kan välja att ha med vänner eller fullständiga främlingar. Han styr över sin produkt som en diktator över sitt land. Regissören är gud i sin inre värld! (Gud är bara gud inför sitt oskrivna ark, det blir riktigt intressant när skådespelarna börjar improvisera och tolka sina roller själva). Allt är inspelat, varje individ är ett inspelat spår, varje scen en komposition av inspelade spår som tidsspår, rumspår eller stämningsspår. Varje spår är som en kanal på ett mixerbord och när en scen spelas in läggs passande (eller opassande) kanaler på varandra och justeras tills dom fungerar tillsammans i en trovärdig scen. Dåliga och tråkiga egenskaper tonas ned och intressanta eller roliga egenskaper tonas upp. Författaren/Regissören sitter vid sitt gigantiska mixerbord och dirigerar de olika spåren ur sitt inre till en väl avvägd och balanserad scen. Som i den engelska deckaren där Mr Hyslop tonas upp när han stiger in genom dörren med rykande färska spår i mordutredningen samtidigt som Mrs Cottonbottom tonas ned genom bakdörren eftersom hon känner sig misstänkt. Detta medför att allt och alla redan är "skrivna". Inte i den meningen att framtiden redan är förutbestämd och att det inte går att påverka den, men alla har större händelser skrivna i sig. Benson till exempel är skriven med strupcancer vid femtiofem års ålder och Helga är skriven med ett missfall vid trettiotvå. Men, spåren står ständigt under påverkan utifrån. Faktum är att det är relativt enkelt att skriva om ett spår helt och hållet, vilket händer förvånansvärt ofta. Spåren kontrolleras av ett antal fundamentala instrument som ständigt påverkar och ändrar dess väg och riktning. Dessa nyckelinstrument står i centrum för spårens existens och utgörs till exempel av en klocka, en penna, en kompass eller en kamera. Nyckelinstrumenten fungerar som reglagen på mixerbordet. All redigering styrs av dessa begränsade instrument vilket medfört att de blivit enorma maktmedel. Den som kontrollerar de fundamentala nyckelinstrumenten innehar fullkomlig kontroll och makt. Den personen kan påverka och styra över de olika spåren som trollkarlen med sitt trollspö.

... Klockan på stationen stannar ... tidsspåret bryts med en överljudssmäll ... skärvor av förfluten tid sprids över en regnvåt gata ... stumpar av oframkallad film hänger som regn i skyn ... väntar på exponering ... Jim, fast i 1910 ... nödlinan till 2000-talet nedklippt i redigeringsrummet ... "mer stämningsfullt på det sättet" ... Jewel nedklippt till statist ... passerar som hastigast i bakgrunden ... flygplatsen ligger öde ... "Passagerare med Flight 238 till Aten, gå till Gate 3 omgående" ... "dags för avgång" ... Akropolis hägrar i morgondimman ... inbrytande tidsspår, 1050 f.kr. ... Sokrates blickar ut över havet, taget snett bakifrån ... hack i rummet ... Jim skrivs in i en 70-tals deckare som utspelas i San Fransisco ... skenande biljakter nerför gatorna ... Jim hänger ut genom rutan med överkroppen och skjuter på förföljarna ... spårvagnar spårar ur och ränner rakt in i en kuliss från 1800-talets vilda västern ... Sekundbill och Jesse "Moturs" mäter varandra med blicken ... åskådarna håller andan ... klockan på torget slår tolv … Jesse "Moturs" sträcker sig mot handleden och greppar om vredet på sitt armbandsur ... Sekundbill sträcker sig blixtsnabbt mot armen men för sent ... i en skur av silver rycks han ur rumtiden … inbrytande tidsspår … Robert sitter i soffan och smuttar på ett glas punsch … Sekundbill går fram till uret på spisen och drar upp maskineriet … kuggar faller in i kugghjul … inbrytande tidsspår i en skur av silver … stumpar av oframkallad film sänks ned i fostervatten … döps i framkallningsvätska … Jim stryks ur nästa scen … hängd på torget vid middag … udden skrapar mot det bleka bladet … ett rött märke sprider sig runt Jims hals … det knakande ljudet av en tidslinje som bryts … en explosion av silver över Marrakech … Robert hos hälaren … får en kula i bröstet … en pennudd bryts i det vita köttet … blod rinner längs trottoaren … folk samlas runt omkring … ingen vet vad som ska göras … PAUS … ett levrat ögonblick … tidsspåret koagulerar … scener i väntan på linsens befruktning … med ivriga fingrar drar Robert på sig ett nytt skinn … huvudroll i en skräckfilm från femtiotalet … svartvita flagor av Dracula klipps ihop … eftermiddagsbrisen får fatt i ett precis färdigskrivet manus … vita blad seglar nerför gatan och sprids med vinden … älskande korsar varandras banor i ett kort ögonblick som bränner hål i negativ … livsöden faller in i parallella (omlopps)banor och skiljs i en skur av silverskärvor … oklippt film faller handlöst genom iskall, svart rymd … jag klipper ner allt till höst … gula löv singlar till marken … ljummet, strilande regn … en ryggtavla som försvinner allt längre bort … ett tyst adjö … tårar som väller fram … blomstrande städer förvandlas till dammiga ruiner … ansiktsuttryck flagar som torkad hud … ett gulnat fotografi av döda släktingar … bilder hoprullade i fosterställning … i väntan på ögats befruktning … gulnat tidsspår bryter in med en härsken lukt av damm … tryckande tystnad över svalt kaffe … golvur som marmorstatyer i hörnen … väntan hänger längst ut på visaren … klockan klämtar tomt i rummet … famlar efter ogripbara timmar …

SPOLA BAKÅT … Kaparn snurrar på sin kompass … nålen skälver av rädsla … norr … däck passerar under hans fötter … segel spänns i passager … hav byter namn … hamnar ändrar skepnad … besättningar kommer och går … "låt mig ta ut kurs i dina drömmar … bäring sömn" … SPOLA FRAMÅT … ett dovt "bamf", som ljudet av en kopieringsmaskin … en svag dovt av svavel sprider sig i lokalen … folk rusar upp i ULTRARAPID och greppar skruvarna på sina armbandsur … spänd avvaktan … ingen rör sig … tiden tar sig fram i SLOW MOTION … Sekundbill ler ett snett leende av triumf … med ett hasande ljud som udden mot papper rör han sig över golvet … skruvar vrids om … klockor stannar … STOP … mörker … vita ark fladdrar tyst nerför allén … flöjter på avstånd … Jesse "Moturs" Jameson stryker som en herrelös hund genom en övergiven stad … fönster slår i vinden … gator dammar … "taggtråden går längs stadsgränsen" … vingar skär i den klarblå himlen … svarta näbbar klapprar på avstånd … en andedräkt av död sveper genom staden … Jesse plockar upp ett järnrör och kastar blickar bakåt … lämnar staden i den purpurröda skymningen … kameror sveper över prärien … exponeringstid beräknas … mekanik surrar som insekter i torr luft … bilder bränns på tom film … scener präntas på hornhinnor … linser blänker i den starka solen … PLAY … bilder sänks ned i framkallningsvätska … film rullar över dammande slätter … Jesse "Moturs" försvinner i en skur av exploderande silverskärvor …

- Glöm bara inte att spara en arbetskopia! Man vet aldrig när man vill gå tillbaka till ursprungsidéen och påminna sig själv om varför man håller på.

Timmen är slagen … sanden yr längs huvudgatan … kameran sveper längs trähusen och zoomar in de två duellanterna som stiger ut från var sin saloon … människor springer in i närmsta hus och stänger dörrarna bakom sig … fönstren fylls av nyfikna ögon … sheriffen rusar in på sitt kontor och sveper snabbt en whisky … Jesse "Moturs" och Sekundbill synar varandra … mjukar upp fingrarna i överdrivna rörelser … sneglar på varandras handleder … plötsligt rusar en förtvivlad mor ut på en veranda och släpar in sin alltför nyfikne son … dörren smäller och allmän distraktion uppstår … Jesse utnyttjar tillfället och lägger sin högra hand över sin vänstra handled … fattar om skruven och med en blixtsnabb rörelse drar han upp sitt ur … Sekundbill är inte sen att reagera och sveper med högerhanden mot sin vänstra handled men för sent … halvvägs mot klockan blir handen suddig och när han ska greppa om skruven famlar han med en handlös arm … han tittar ned på sin kropp och ser hur den löses upp ... med ett skri som får åskådarnas hår att resa sig försvinner han ur rumtiden ... alla blickar riktas mot Jesse "Moturs" ... sanden yr längs huvudgatan ... timmen är slagen …

DAG 4

Jag vaknade med ett ryck. Vände mig om i sängen och tittade på klockan som hånfullt blinkade 02.00 mot mig. Fan, inte igen ... jag måste få sova. Efter att ha legat och vänt på mig i över en halvtimme gick jag upp ... pissade, satte på teven och öppnade en öl. Jag är själv förvånad att jag är sugen på öl så här tidigt på morgonen men å andra sidan är min biologiska klocka runt tolv, alltså lunchtid, och vad passar bättre till maten än en öl. Maten i det här fallet utgjordes av några jordnötskrokar. Det var enbart skit på teve så jag tog fram datorn och försökte jobba lite.

Rummet såg för jävligt ut. Grejer överallt. Ölburkar ... tomma chips och matförpackningar ... påsar ... och kläder. I skenan till mörkläggningsgardinen hängde en stor mexikansk tygmålning som jag tror att jag fick av någon på workshopen igår. Badrumsspegeln var alldeles kladdig efter att jag häromkvällen skrev en massa osammanhängande ord med raklödder om dueller och sedan smetade ut det för att ingen skulle få se det och komma på vilken galning jag är. Börjar jag bli paranoid? Jag var förvånad över min kapacitet att fucka upp ett hotellrum. Jag hade ju bara varit där i fyra dagar. Samtidigt var det lite skämmigt. Jag vill helst inte veta av den där utslitna klichén om att trasha hotellrum.

Jag öppnade ett dokument jag inte kände igen och som jag döpt till "Timmen är slagen". Jag började läsa och plötsligt sköljde föregående kväll över mig som en iskall våg. Jag kom ihåg min vilda västernhistoria och hur otroligt verkligt det hade känts. Det var som om jag hade spelat med i den själv. Det var nästan skrämmande hur otroligt medryckande Professor Steeles workshops var. Det var svårt att förklara men de verkade fungera som hypnos nästan. Som om han försatte oss deltagare i nån typ av trans som gör det möjligt att kliva in i ett parallellt universum eller nåt. Fullkomligt makalöst. Och det värsta var att man aldrig kom ihåg någonting. Enda skälet till att jag kom ihåg den föregångna kvällen var att vi hade skrivit ner en berättelse och fört anteckningar under kvällen.

Efter några timmar av slött tevetittande och sporadiskt arbete vid datorn måste jag somnat om för jag vaknade återigen med ett ryck när städerskan knackade på.

- Va fan ... no, no ... go away ... I´m not finished.

Jag måste glömt hänga ut "Do Not Disturb"-skylten igår kväll, eller "Privacy" som det står på skyltarna på det här hotellet. Jag motade ut städerskan, hängde ut skylten och sprang in i duschen där jag ramlade ihop i en ynklig liten hög av ett blodsockerfall. "Idag måste jag äta någon ordentlig mat", tänkte jag.

Väl nere på Convention Centret började jag med att äta lunch. Chilisoppa med bröd, en stor kopp kaffe och en bagel. Rätt som det var stod Lynn bredvid mig. Hon hade smugit sig på mig som en vålnad.

- Får man slå sig ner?
- Visst.
- Jag hörde att du är ganska framgångsrik på Professor Steeles workshops.

- Jaså ... hur då, menar du?
- Ja, han tycker du har gjort stora framsteg under dessa få tillfällen. Han påstår att han aldrig upplevt en deltagare som gett sig hän så som du.
- Jaha ... ja, jag måste säga att jag tycker de är intressanta men lite skrämmande också ... vet du? sa jag, lutade mig fram emot henne och av någon anledning tittade mig omkring. Som om jag skulle berätta en stor hemlighet.
- ... jag har nästan aldrig något minne av hans workshops.
- Verkligen ... mmh ... intressant.
- Intressant vet jag inte men däremot skrämmande ... jag tror inte bara det är jag som råkar ut för det utan han lyckas på nåt sätt försätta oss alla deltagare i nåt märkligt, hypnosliknande tillstånd.
- Hypnosliknande tillstånd?
- Ja, det är som om tiden stannar och allt omkring upphör. Man är fullkomligt koncentrerad på sig själv ... nej, inte koncentrerad ... uppslukad ... man är helt uppslukad av sig själv ... som om man vänder sig inåt och konfronterar alla märkliga saker som ligger och lurar i det undermedvetna.
- Måste det vara hypnos? Du har inte funderat på om det är drömtid du upplever?
- Drömtid?
- Ja, du säger ju själv att tiden stannar ... och på din beskrivning verkar det som om du befinner dig i nåt drömlikt tillstånd.
- Tror du verkligen det?
- Det är väl workshops om drömtid han håller, eller?
- Eeh, jovisst.

Bortgjord. Idiotförklarad. Vilket dumhuvud jag varit. Jag har sett Professor Steeles workshops som, ja, vanliga workshops, där man sitter i ring eller i grupp och diskuterar olika ämnen ... kanske löser någon enkel uppgift för att lära sig samarbeta men nu helt plötsligt, med

Lynns hjälp började jag fatta vad som egentligen sker på de där sena tillställningarna.

- Du, jag måste gå, sa Lynn. Ses vi senare?

Tystnad.

- Hallå, Tim ... är du där?
- Mmh, jovisst ... jag ska till postersessionen senare idag.
- Bra, då kan vi ta en öl tillsammans.

Lynn lämnade mig med djupa fåror i pannan.

Det var ingen av dagens sessioner som tilltalade mig direkt. Det verkade vara en mellandag när det gäller intressanta föreläsningar och jag var fullt sysselsatt med att grubbla. Grubbla på det som Lynn tidigare sagt ... om att jag förmodligen upplevde drömtid under Professor Steeles sessioner. Kunde det vara möjligt? Och vad innebar det? Stannade verkligen tiden eller var det bara som jag upplevde det? Kunde det vara farligt? Om tiden verkligen stannade under de här sessionerna ... åtminstone min inre, biologiska klocka ... innebar det att jag egentligen var yngre än jag borde vara? Åtminstone några timmar yngre? Hade mina celler upphört att åldras under de där timmarna?

Jag behövde luft och gick ut på en promenad. Jag beslöt mig för att ge Larimer Street en andra chans men även nu blev jag besviken. Till slut gick jag in på en sylta och beställde en öl. På stolen bredvid i baren satt en man som mest såg ut som en gammal lodis. Han började prata med mig men jag hade svårt att koncentrera mig på vad han sa och svarade bara sporadiskt med korthuggna meningar. Mannen måste blivit irriterad på min brist av intresse och ovilja till konversation för plötsligt högg han tag i min arm och frågade.

- Where are you from?

I samma stund fylldes jag av ett oerhört obehag. Det pirrade i hela kroppen. Inte av ett pirr som när man är nervös utan mer ett pirr som signalerade att någonting var allvarligt fel. Jag stirrade på mannen för att försöka förstå vad det var som var fel men kunde inte begripa det. Det var som om han omgående hade smittat mig med ett farligt virus som spred sig som en löpeld genom min kropp eller om han kanske jobbade på ett kärnkraftverk som precis haft härdsmälta och istället för att ta sig till sjukhuset och kolla sina värden gick han in på närmsta bar och satt nu och strålade av radioaktivitet. Och då förstod jag. På armen som mannen greppat tag om mig med satt hans armbandsur. Jag slet mig loss och ropade så hela stället hörde.

- I´m from Sweden!

Alla kollade konstigt på mig, inte minst mannen jag nyss slitit mig loss från. Jag rusade ut utan att ens ha hunnit smaka på min öl. Så fort gubben hade släppt mig hade obehaget gått över. Kunde det verkligen stämma? Allt prat om tid, tidsstrålning och Professor Steeles workshops … hade jag börjat bli överkänslig mot tid. Hade jag precis reagerat på tidsstrålning?

Jag var tvungen att prova igen och gick in på ett varuhus. Tittade mig omkring och såg en kvinna på andra våningen som var klädd i en klänning och hade ett stort armbandsur på vänster arm. En sån där statusklocka som man bara bär när man vill visa hur mycket pengar man har. Hon vet säkert inte ens hur den fungerar.

Jag tog mig upp på andra våningen och närmade mig kvinnan så obemärkt och försiktigt jag kunde. Vid en rullställning med klänningar lyckades jag till slut ställa mig med ryggen mot hennes rygg och försiktigt höll jag ut min arm så den nästan snuddade vid hennes vänsterarm. En våg av illamående sköljde över mig och jag var verkligen tvungen att anstränga mig för att inte luta mig fram och spy ner klänningarna på rullställningen. Herrejävlar! Jag gick därifrån så fort jag bara kunde. Höll jag på att bli galen? Jag blev kallsvettig. Antingen var det på riktigt och jag började utveckla överkänslighet mot tid eller så satt allt i huvudet och jag höll på att förlora koncepten. ”Jag behöver verkligen den där ölen", tänkte jag och styrde mina steg tillbaka mot Convention Centret. Jag kom i lagom tid till postersessionen och jag var snabb med att roffa åt mig en gratisöl. Jag slukade den och tog en till. Killen bakom baren sneglade på mig. De hade väl fått restriktioner om att folk inte fick dricka för mycket, vilket är risken när man serverar gratisöl. Men jag behövde det för att lugna nerverna.

- Hur är det? undrade en röst bakom mig. Du ser ut som du just sett ett spöke. Det var Lynn.

Vi slog oss ner vid ett bord i en tom konferenslokal.

- Jag sover rätt dåligt och har hemska mardrömmar ... förmodligen en kombination av jet-lag, Professor Steeles workshops och lite för många öl.
- Mardrömmar? Så upplevs dom bara i början.
- Vad menar du? Kommer jag vänja mig vid mardrömmarna?
- Som sagt, dom uppfattas bara som mardrömmar till en början. Snart kommer du inse att det är ditt undermedvetna som knackar på dörren till ditt medvetna. Det är bara att öppna dörren och släppa in dom.
- Men det är ...
- Jag vet, hemska saker ... hur tror du jag blev som jag är?

Va, ett skämt? Ett skämt byggt på självinsikt?

- Lynn, drog du precis ett skämt på din egen bekostnad?
- Jag vet ... förlåt ... det ska inte hända igen.
- Jo, det var ju underbart att upptäcka att det finns en människa under den där hårda ytan.
- Va fan menar du?
- Ööh, ja alltså, jag menade inte så ... jag menar att du ...

Lynn stirrade på mig med stinn blick under flera sekunder innan hon lät ansiktet mjukas upp av ett leende.

Ett skämt till? Två skämt inom loppet av en minut, vad är det som händer? Hur mycket kan jag klara av innan hjärtat stannar?

Efter att ha pratat med Lynn ett tag kändes saker och ting lite lättare. Jag återvände någorlunda styrkt till hotellet där jag började skriva. Jag kom in i ett flow och under några timmar fick jag ihop ett par riktigt bra sidor men avbröts av ett sms från Lynn.

Har bokat biljett till San Fransisco. Delta Airlines, 10.15. Checka in på Hyatt Bay. Jag hämtar dig fredag morgon. Du kommer inte ångra dig! :)

SAN FRANSISCO, FRUSEN PIZZA OCH LÅTSASTATUERINGAR

San Fransisco visade sig vara en positiv kontrast till Denver. I samma stund jag klev ut genom flygplatsens portar slog en varm, fuktig bris emot mig bärandes på en hel komposition av härliga dofter som påminde om medelhavet. Det kändes som en lättnad att ha lämnat Denver bakom mig. Även om konferensen överträffat alla mina förväntningar och varit en minst sagt omvälvande upplevelse hade det även varit en intensiv vecka och jag var rätt slut mentalt. Det kändes skönt att få en paus från allt hjärnrotande.

Jag checkade in på Hyatt. Inte lika flådigt som hotellrummet i Denver men med utsikt mot gatan och inte in över någon pool. Faktum var att jag hade fönster åt två håll så nätterna fylldes av amerikanska polissirener. Underbart, precis som USA ska vara. Dessutom hade jag inte bara kaffekokare utan ett helt litet kök med kylskåp, vask, mikro och tallrikar och bestick. Här skulle jag kunna bosätta mig.

Rummet var lite sjabbigare än rummet i Denver vilket bekräftades när jag klev upp på morgonen och gick på toa. Precis bredvid toastolen kröp ett långsmalt kryp med långa antenner som epileptiskt scannade av närområdet. Krypet hade lite kackerlackedrag men påminde mer om en gräshoppa. "Fan, ska jag behöva bo på nåt jävla lopphotell nu", tänkte jag. Jag betraktade krypet ett tag. Spolade. Gick ut i rummet, gick in igen och betraktade det. Var det en kackerlacka? Efter noga övervägande bestämde jag mig för att det nog ändå var det eller åtminstone en nära släkting till kackerlackor. Jag vill ju inte vara den som inte kan leva med lite ohyra på rummet men drabbades av den där paranoida känslan att inte vara ensam. Att vara ständigt bevakad av insektsantenner ... överkänsliga för seismiska rörelser i golvet när jag rör mig. Jag försökte smyga men till och med det fångade den upp den lilla spionen. Kackerlackornas svar på James Bond, på hemligt uppdrag utsänd av sin drottning; "Her Majesty". Efter att ha vankat av och an ett tag bestämde jag mig för att konfrontera spionkrypet. Jag gick in i badrummet, lyfte på toalocket, tog en handfull toapapper och fångade in den. Jag kände att den sprattlade när jag höll den men ganska snart fick den sprattla i toan och vidare ner i avloppet. Pust, skönt att bli av med den.

Lynn ringde och berättade att hon arrangerat ett möte som hon trodde skulle intressera mig. Skulle bli ett bra inlägg i artikeln. "Jag hämtar dig om en dryg timme", sa hon. Jag var hungrig efter resan så gick jag ner till "food market" och döm om min förvåning men det var verkligen en riktig mataffär. Inte bara frysta pizzor och chips utan mat, riktig mat. Jag gick förundrat runt och log och började nästan skämmas över att jag känt sådan avsky mot USAs matvanor. De hade faktiskt mat även här. Jag plockade åt mig av nybakat bröd, ost, tomater, blomkålssoppa som gick att mikra, och vin.

- Tjugotre och sjuttio.

Det var dyrt tänkte jag men sträckte mig för att ta fram plånboken då jag märkte att jag glömt den på rummet. Jag började rota i fickorna och fick fram sju dollar. Kassörskan blängde surt på mig när jag lämnade tillbaka varorna. Det slutade med att jag köpte micropizza och billigt vin.

- Vill du donera till fattiga barn, sir?
- Inte idag.

Tillbaka på rummet slängde jag in pizzan i micron och tryckte på start. Inget hände. Jag gjorde om samma procedur med samma resultat några gånger och började hetsa upp mig över insikten att när man äntligen har tillgång till kök så fungerar inte skiten. Jag tog ett djupt andetag och läste det finstilta. Mikron var kodstyrd. Man var tvungen att uppge koder för vilken kategori av mat man skulle slänga i sig typ ”snacks”, ”popcorn”, ”beverage” och ”cook”, och sedan underkategorier för att specificera närmre vilken typ av föda man ska tillaga. Dessutom var det tidskoder. Varför inte bara ange den tid man vill värma sin mat? Fryst pizza låg under ”snacks” och det skulle tydligen bara värmas i en minut och trettio sekunder trots att det stod fyra minuter på förpackningen. Jag fick värma skiten i tre omgångar innan jag slet ut den ur ugnen och käkade pizzan ljummen.

- Ledsen att jag är lite tidig … men jag tänkte att vi kan hänga på ditt hotellrum så länge … tills taxin kommer … det är så trist att vara själv på rummet.

Jag hade precis klivit ur duschen när Lynn knackade på så jag hade bara en handduk virad runt höften och det slog mig lite för sent att jag kanske borde klätt på mig mer. Å andra sidan hade Lynn inte reagerat så det var nog lugnt. Konstigt med tanke på att vi bara känt varandra en knapp vecka.

Lynn sparkade av sig kängorna och slängde sig raklång över min säng, grabbade tag i fjärrkontrollen och började zappa runt. Jag böjde mig ner över resväskan för att plocka upp kläder men blev störd av email som ramlade in nu när jag äntligen kopplat upp mig. Jag tittade snabbt igenom dom men insåg snart att jag aldrig skulle kunna svara på alla. I synnerhet inte dom som Martini skrev så jag loggade ut och hällde upp varsitt glas vin till mig och Lynn. Lynn tog mer än gärna emot glaset men grinade lite illa när hon tog första klunken. Inte för att det var billigt, vilket det i och för sig var, fyra och fyrtio, men för att hon precis stoppat in ett tuggummi i munnen. Dålig kombo.

Det var någonting med hennes uppträdande som fick mig att ana en något mjukare sida än den jag lärt känna de senaste dagarna. Sättet hon tog emot vinet på och bara det att hon ville "hänga" för att det var så ensamt på hennes rum. Jag fick nästan en känsla av att hon var lite nervös inför mötet.

- Kom hit, sa hon, och grabbade tag i min arm.

Jag föll ner bredvid henne i sängen och kände att det kanske var lite opassande att jag fortfarande inte var påklädd, men här var det hon som förde så jag följde bara villigt med.

- Gillar du Snurre Sprätt?
- Va?
- Han som alltid har så bråttom, jagad av den där jävla dingon.
- Cayoten.
- Whatever.

Hon vecklade ut tuggummipappret, separerade ut en låtsatstatuering som hon tryckte mot min underarm, ryckte tag i den fuktiga handduken och tryckte den över tatueringen. Av ren självbevarelsedrift och för att dölja mina heligaste delar följde mina höfter med i handduksrycket och jag gjorde en märklig, juckande rörelse mot Lynns överkropp. Hon verkade inte bry sig om mitt opassande juckande utan var fullt koncentrerad med att få tatueringen att fästa. Jag däremot rodnade.

- Du har för mycket hår.
- Jaa, vi män är håriga.

Hon tittade på mig med undrande blick.

- Så där, nu sitter den, sa hon.

När hon vek undan handduken blinkade Snurre Sprätt fräckt åt mig samtidigt som han tog en tugga på en morot. Hälsosam kanin det där.

- Snyggt.
- Du passar i tatueringar. Har du inga riktiga.

Hon sneglade på mig som om hon var på väg att slita av mig handduken och blotta mina intimtatueringar som hon misstänkte, eller hoppades, att jag hade. Jag tog ett stadigt tag om handduken.

- Nej.
- Som sagt, Snurre är ju alltid jagad så han kan ju inte stå där helt ensam med en morot i munnen.

Lynn slet av pappret på ännu ett tuggummi, stoppade tuggummit i min mun och pressade låtsastatueringen mot min arm med handduken. Den här gången var jag förberedd och min motrörelse blev betydligt diskretare. Hon gjorde om samma procedur med hela paketet så jag började nästan tro att hon gillade när jag kände mig illa till mods, eller i alla fall blottad och förlägen. Efter tre, fyra tuggummin började det bli fullt i munnen och käkarna värkte. Det var ju trots allt amerikanska, stora tuggummin, så de två sista tog Lynn själv. Till slut hade vi båda så mycket tuggummi i munnen att vi spottade ut alltihop och gjorde en enda stor klump av det som Lynn tryckte upp på undersidan av nattduksbordet.

- Äckligt.
- Du ser ut som Pop-Eye nu … det är bara pipan som saknas.
- Aye aye min sköna Olivia … jag ska rädda dig från piraterna … men först ska jag bara svepa en burk med spenat.

Jag hällde i mig resten av vinet, klämde sönder plastglaset och slängde det över axeln.

- Du passar inte som mansgris.
- Nähä, vad är det som fattas … är jag inte tillräckligt mycket man eller gris?
- Man.

- Vadå, så du menar att jag är en gris.

Hon log. Hon hade fått mig precis dit hon ville.

- Ta inte på dig långärmat, jag gillar män med tatuerade underarmar.

Jag reste mig och gick ut i badrummet för att klä på mig.

- När ska du berätta vem det är vi ska träffa?
- Det märker du när vi är där, jag vill inte att du ska ha förutfattade meningar innan vi träffar honom.
- En journalist brukar alltid förbereda sig innan en intervju … bakgrundscheck och sånt vet du.
- Men du är ingen journalist.
- Skribent.
- Knappast.

HALVA NÄBBAR OCH FN-ORGANET FÖR TID

Så i väntan på att vårt möte skulle anlända slog vi oss ner på en terrass på bakgården av hotellet. Lynn viftade till sig en servitör och beställde två kaffe. Vi satt tysta och väntade då jag ryckte till av att en kråkfågel, liknande vår europeiska kaja, slog sig ner på stängslet precis bakom Lynn. Jag blev lite förvånad av att en så stor fågel var så närgången. Vanligtvis är det bara småfågel som hoppar mellan benen på restaurangbesökare och tigger smulor. En känsla av oro spred sig i kroppen och jag kunde inte säga vad det var. Jag försökte att inte titta direkt på fågeln men ändå drogs min blick mot den som om jag visste, undermedvetet, att det var något galet med den. Och det var då jag såg det. Fågelns svarta tunga slingrade sig fram och tillbaka över fågelns ansikte, snärtade till över dess ögon på jakt efter smulor. Det var en horribel syn och det var först när jag insåg att den förlorat övre delen av näbben som jag förstod hur det var möjligt. Hela min kropp fylldes av avsky inför denna motbjudande, äckliga föreställning. Min blick var som fastnaglad vid fågelns näbb och tunga. Jag följde varje rörelse tungan gjorde och äcklet inom mig bara steg allteftersom tungan piskade fram och tillbaka. Den stackars fågeln måste förlorat överdelen av näbben i någon fajt med en rival och kunde förmodligen inte skaffa mat på egen hand längre. Därför höll den till här för att den var van att bli matad. Jag kunde inte förmå mig att sträcka på handen till brödkorgen och kasta till den en bit. Jag ville bara inte ha med denna överäckliga varelse att göra över huvudtaget. Lynn såg att jag var alldeles kritvit i ansiktet och vände sig om för att se vad det var. Hennes häftiga rörelse och det höga skriket hon gav ifrån sig när hon såg den vidriga varelsen fick fågeln att flaxa till och flytta sig, men inte flyga iväg. Den satte sig helt lugnt någon meter bort och blängde på oss med sitt svartskinande öga samtidigt som den svarta, sträva tungan piskade i det som en gång varit överdelen av dess näbb.

Lynn vände sig mot mig och försökte negligera fågeln. Vi småpratade några minuter när helt plötsligt en man med grå överrock och gubbkeps stod bredvid oss. Lynn nästan flög ur stolen och kramade om mannen och vände sig sen mot mig för att presentera honom.

- Tim, det här är mannen jag talade om ... Mr Smith.

Jag reste mig och skakade hans hand och gjorde sedan en svepande rörelse mot en av stolarna för att visa att han var välkommen att slå sig ner.

Jag misstänkte att Smith knappast var hans riktiga namn. Han var både klädd som en hemlig agent och hade ett fejknamn för att inte avslöja något om sig själv och upprätthålla en anonym fasad.

- Mr Smith är en man som jag arbetat med under flera år. Jag hjälpte honom att hoppa av, skaffa en ny identitet, ett nytt liv mot att han gav oss information.
- Oss? Frågade jag.
- Ja, alltså ... han gav *mig* information ... som du förstår tar Mr Smith en hemskt stor risk när han möter oss här idag ... jag förklarade att det här är ett bra tillfälle att träda fram och berätta hans historia. Och som du säkert förstår är inte Smith hans riktiga namn.

- Nej, jag misstänkte det. Så jag är lite nyfiken, Lynn nämnde att hon hjälpte dig att hoppa av.

Jag vände mig nu mot Smith för att han själv och inte bara Lynn skulle föra hans talan.

- Vad exakt hoppade du av?

Mr Smith tittade upp, tog av sig sina solglasögon och mötte min blick. Gråa, trötta ögon, tyngda av alltför tungt ansvar fångade och frös fast mig. Fastnaglad. Han harklade sig.

- FN-organet för Tid. Sa han med sträv, nästan släpande röst. Sydstatare?
- Va? Var det enda jag fick ur mig.

Eftersom han visste att jag hört honom första gången svarade han inte igen. Jag slet mig loss från hans blick, vände på några papper i mitt block, låtsades förbereda mig för intervjun för att vinna tid. "Varför hade inte Lynn förberett mig på det här? FN-organet för Tid, va fan va de för nåt? Jag hade aldrig hört talas om det. Finns det överhuvudtaget ett sådant FN-organ?"

- Okej, FN-organet för Tid sa du … förlåt min okunnighet men jag har aldrig hört talas om ett sådant FN-organ?
- Nej, det är ytterst hemligt. Väldigt få personer känner till dess existens, framför allt inte FNs ledning, allra minst Generalsekreteraren.
- Inte? Hur kommer det sig?
- FNs ledning är marionetter … politiska personer som har blivit tillsatta för sina diplomatiska och politiska meriter … de skulle aldrig tillåta att något som FN-organet för Tid existerade.
- Varför inte? Jag menar vad är dess uppgift?
- Att kontrollera tiden … att varje klocka på vår planet håller tiden.
- Ok, men det verkar ju nästan vara en omöjlig uppgift. Hur gör de det?

- Du förstår, det finns ett antal atomur strategiskt placerade runt om i världen. Dessa ur mäter sönderfallet av atomer och det är detta radioaktiva sönderfall världens ledare har bestämt att allt ska styras efter. All tid synkroniseras efter dessa atomur.
- Jo, jag har hört det där. Jag besökte konferensen i Denver precis och snappade upp det där under någon session. Vad är så hemligt med det egentligen?
- Visst, det är allmänt känt att detta existerar men det är väldigt få som känner till hur det praktiskt sköts och vilka som sköter det.
- Och du menar att det är FN-organet för tid som är ansvariga.
- Ja, tänk dig själv, det är den enda organisation som har infrastrukturen ... som når över alla nationers gränser.

På min näthinna projicerades en mental karta av jordklotet med sönderfallande atomer i ett blått elektriskt regn ... sprakande över den övre hemisfären som aggressivt norrsken. Radioaktiva isotoper som stänker över den konvexa himmelsbågen likt svetslågor ... över nationsgränser ... över hav och kontinenter ... inga barriärer i världen kan stoppa det radioaktiva, elektrifierade regnet. Det sprider sig och tränger in i allt levande ... infekterar dem med tid ... ställer dess biologiska klockor ... programmerar dem med död.

I samma stund man föds sätter nedräkningen igång ... lite som om någon trycker på "self destruction button" ... *"This body will self destruct in ... 84 years ... 83 years ... 82 years"* ...

Vi har alla vår tid och när den sinat ... exponentiellt mot noll ... är vi radioaktivt avfall ...

- För en tid sedan blev FN-organet för Tid infiltrerat av en okänd organisation ... en högt uppsatt tjänsteman ... läckte dokument. Det höll på att gå riktigt åt helvete innan läckan ... täpptes till.
- Täpptes till?
- Tystades.
- Har du nåt namn på denna tjänsteman.

En lång tystnad.

- Det var jag.
- Verkligen? Men du sitter ju här nu med mig … och pratar.
- Det är första gången jag pratar med en journalist om detta.

Ha, snap! Där fick Lynn för skribent. Till och med Mr Smith mitt emot mig tar mig för journalist.

- Ok, men vad för dokument läckte du och till vem?
- De underjordiska.

Lynn bröt in.

- Vi har avvaktat med att släppa dokumenten för att saker och ting runt Smith skulle lägga sig en aning men nu börjar tiden bli mogen och vi vill göra dem tillgängliga samtidigt som du publicerar din artikel … för att få maximal publicitet.
- Ok, det här måste koordineras med min … eeh … redaktör.

Shit, hur fan ska jag förklara det här för Martini, jag skriver ju inte ens för en riktig tidskrift. Måste lösa detta på nåt sätt.

- Du fattar väl vilken otroligt stor risk Smith har tagit för detta? Frågade Lynn mig.
- Jo, ja visst. Det är självklart att vi ska synka det här. Låt mig återkomma om detaljerna … men jag skulle verkligen behöva se de där dokumenten … har du dem här?

Mr Smith grävde i sin rockficka och fiskade upp ett USB-minne.

- Vad du än gör, tappa inte bort det här, sa han när han gav mig det.
- På det här minnet ligger hela planetens framtid.

Åhh, tack, det var inget litet ansvar. När bad jag egentligen om allt det här?

- Jag har bara en sista fråga …
- Ja?
- Om nu all tid utgår från radioaktivt sönderfall av atomer …
- Tid är radioaktiv strålning, rättade Mr Smith mig.

- Just det … om nu tid är radioaktiv strålning så borde klockor och speciellt atomuren vara radioaktiva?
- Mmhh.
- Vad gör man med dem när de kasseras? Slänger man dem bara? Finns det någon specialhantering?
- Alla ur slutförvaras djupt ner i bergrunden … bäddas in i ogenomtränglig lera och begravs under hundratals meter av kristallin bergrund … faktum är att Sverige är ett av de länder som var först med detta … ni har ett enormt slutförvar i södra Sverige.
- Jaså?
- Men som du säkert förstår är det här inte någon permanent lösning, även fast myndigheterna vill få oss att tro det … det kommer kanske hålla tiotusen år … hundratusen om vi har tur men så småningom kommer det börja läcka ut …
- Tid?
- Radioaktivitet … ja, tid om du vill …
- Vad händer om det blir en jordbävning?
- Precis.

Jösses, vi bor alla på en tidsinställd atombomb. Minsta rörelse i jordskorpan och vi förvandlas till gröna, självlysande strålningsmonster. Det är inte klokt vad berget innehåller … och berget kommer minnas … berget glömmer aldrig … tunnorna med uttjänta ur kommer bli fossil … bergets minne. Och när man väcker dem åter pirrar det i dem så där skönt som i en hand eller fot som somnat och får tillförsel av nytt blod … fingrar som längtar efter puls … vampyrtänder som törstar efter att stoppa det radioaktiva åldrandet. Odödlighet går inte att uppnå så länge man har ett begär … men släpp taget om skruven … låt fjädrarna dras ut till sin rätta längd … låt kuggarna nötas ner … först när strålningen klingar av faller vi ur våra kroppar igen … fjäderlätta … och vår tvåtusenåriga kroppsbundna upplevelse upphör …

Saknaden skar i min kropp … granit, mitt kött … rös av efterskalven. Du tog spjärn i mitt djup och hävde dig flera meter över havsnivån … utlöste spänningar det tagit en livstid att ansamla … ett urverk som långsamt … dragits upp.

Näsblod. Jag minns smaken av järn som fyllde min munhåla … drömmalm som bröts ur mina ådror. Malmkroppen … bergets hjärta … tappades på en droppe som du hängde i ett snöre runt din hals … en blodsten som ruvar på min puls och ur vilken du mätte mitt undertryck … du räknade tyst för dig själv …

AVDELNINGEN FÖR TIDSRELATERADE STRÅLSKADOR

Jag vaknade med ett ryck när mobilen ringde.

- Hallå.
- Var är du?

Det var Martini.

- San Fransisco.
- Va? Du skulle ju åka till Denver.
- Jo, jag var där och nu följer jag upp en grej i San Fransisco.
- Vadå för grej?
- Nää, jag kan inte prata om det … jag hör av mig.

Och så la jag på. Mobilen ringde igen. Jag höll den i handen och tittade på den … den kändes främmande … farlig … det pirrade i handen där den låg och lös och brummade … en olustkänsla började sprida sig i min kropp. Jag hoppade ur sängen och gick in i badrummet … la mobilen i handfatet och satte på vattnet. Den ringde förvånansvärt länge innan den stängdes av. Jag hade förväntat mig sprak och blixtar, men den bara dog … blev svart. Jag gick in och satte mig på sängen och kände mig fri … och någonting annat. Efteråt har jag förstått att det var lyckokänslor jag kände, men det är lätt att tolka till sin fördel i efterhand.

Jag väcktes ur mitt dagdrömmeri av den fasta telefonen. "Men va fan … Martini kan omöjligt veta att jag bor här." Efter kanske tjugo signaler svarade jag. Det var Lynn.

- Är du klar?
- Ja. Möt mig i lobbyn om tio minuter.

Lynn och jag tog en taxi ut ur stan och när jag frågade vart vi var på väg svarade hon bara.

- Det får du se.

Efter en timmes bilfärd stannade vi utanför ett stort hus som mest påminde om ett konvalescenthem eller ett pensionat. När vi klev upp för trapporna öppnades den stora, tunga porten i trä och ut klev Professor Steele i egen hög person. Han var klädd i vit läkarrock och hade ett stetoskop runt halsen.

- Välkommen till min klinik! Vad kul att se dig igen Tim. Gick resan bra?

Han la armen om mig och förde in mig i hallen. Det tog ett tag för mina ögon att vänja sig. Kliniken var försänkt i mörker men efter ett tag såg jag stora sekelskiftesmöbler längs väggarna. Skåp, bokhyllor och skrivbord i mahogny.

- Kom så ska vi gå upp på avdelningen, sa han.

Trappan knakade och på väggarna hängde stora tavlor med porträtt av vad jag antog var tidigare läkare vid kliniken.

- Här är avdelningen för tidsrelaterade strålskador.

Vi klev in i en sal försänkt i mörker … fyra sängar kunde jag räkna till och vid varje säng stod en droppställning med dropp, starkt självlysande i blått. Det blå ljuset var så starkt att jag inte kunde titta direkt på det. Dessutom verkade det pulsera.

- De här patienterna lades in i går kväll för blödande magsår ... vi ger dem atomblå dropp så länge ... tills det finns plats däruppe på avdelningen för omstämning.
- Atomblå dropp?
- Ja, det är bara en nödlösning så länge ... de här människorna är så beroende av radioaktiv tid att de får det intravenöst ... den här mannen till exempel är börsmäklare ... mycket utsatt grupp ... den unga tjejen nere i hörnet är modebloggerska ... också mycket utsatt grupp ... men den här stackars mannen är nog värst däran.

Professor Steele tog mannens journal och bläddrade.

- Han är urmakare till yrket och har under hela sitt yrkesversamma liv varit exponerad för mycket höga doser radioaktiv tidsstrålning ... han står näst på tur för att tas upp till avdelningen för omstämning.
- Så ni omstämmer folk här ... stämmer dem i drömtid?
- Det är enda sättet ... den enda medicin som verkligen biter. Du måste förstå att de som kommer hit är mycket illa däran. Somliga lyckas ta sig in själva men de allra flesta är så medtagna ... apatiska ... att de kommer med anhöriga eller ambulans ... de skulle inte klara sig länge utan vår behandling.
- Kan vi titta på avdelningen för omstämning.
- Tyvärr Tim ... eftersom du själv har inlett de första stegen i omstämning skulle det störa dina framsteg ... det skulle till och med kunna vara farligt för dig.

Efter besöket på Professor Steeles klinik började jag inse vidden av det här. Att det verkligen var på riktigt. Tid är verkligen radioaktiv strålning och tidsrelaterade sjukdomar som stress och magsår måste behandlas som strålskador. Offren av tidsstrålning kan jämföras med offren efter Hiroshima eller Tjernobyl. Detta är något som måste berättas. Makthavarna får inte längre lägga locket på. Jag måste bli klar med det här reportaget fort.

- Kör du mig tillbaka till hotellet?
- Visst, sa Lynn.
- Imorrn ska jag visa dig något viktigt ... jag hämtar dig efter frukost.

Det hade börjat regna. Våldsamt. Tillbaka på hotellet försökte jag koppla upp mig mot hotellets wifi utan framgång. "Invalid password" fick jag som svar hela tiden. Jag ringde ner till receptionen som gav mig nya lösenord men inget fungerade. Jag ringde igen och en vaktmästare kom upp med en sladd så jag skulle kunna koppla upp mig utan att använda det trådlösa nätverket. Men inget funkade. Jag ringde ner till receptionen igen och jag tror att de började höra min otålighet. Jag kunde i alla fall känna av deras otålighet med den där omöjliga svensken på rum 112. En "tekniker" kom upp och slog sig ner vid min dator på ett ovanligt buffligt sätt. Han knappade in lösenorden precis som jag gjort och muttrade något som jag lyckligtvis inte kunde urskilja. Han sprang iväg och hämtade sin egen dator och visade att han minsann kom in så det måste vara något fel på min dator. Han försökte väl ge mig dåligt samvete för att jag störde honom i hans annars så extremt viktiga sysslor som att hacka sig in på hotellets betalkanaler och runka till gratis porr. Jag visade att jag kom ut på nätet på hotellets gratissidor så det var minsann inget fel på min dator. Han kliade sig i huvudet, muttrade och sprang iväg igen. Tio minuter senare knackade han på och gav mig en lapp med ett nytt lösenord. "Prova den här", sa han, medan han väntade i dörren. Han hade gett mig tillträde till hotellets personalaccess så självklart funkade det. Jag var tvungen att tacka och dricksa vaktmästaren som nu var iklädd ett lite överlägset leende. Jag hatade honom men visste exakt hur han kände. "Tillbaks till gratisporren med dig din jävel".

Jag hann precis logga in påbörja ett mail till Martini då skärmen började flimra. Tio sekunder senare dog hela internet för mig och jag lutade mig tillbaka i stolen med en suck. Kommunikationsteknologi (om man får använda ett gammalmodigt uttryck) hade krånglat med mig på sista tiden och jag hade mina misstankar om varför. Jag beslöt mig för att inte hetsa upp mig och ringa ner till receptionen och klaga utan tog ett djupt andetag och försökte finna mig i min nyvunna situation. Tidsbunden teknologi ratade mig så jag borde bara rata den tillbaka.

Regnet fortsatte ösa ner med våldsam kraft. Asfalten nere på gatan slets loss i sjok och störtade nedför Market Street. På fönsterblecket smattrade regnet som poppande popcorn och jag hörde åskan sakta närma sig med mullrande steg likt en jättelik insekt. Jag låg och halvslumrade på sängen och mindes hur regnet brukade smattra mot plåttaket på mina föräldrars sommarstuga. Stockholms skärgård brukar drabbas av ett eller ett par åskoväder per sommar och där ute är man närmre naturen på något sätt. Bara en tunn trävägg skiljer den trygga sängen från det våldsamma ovädret som härjar utanför. Inte som här där man kan gömma sig och ta skydd i en mångmiljonstad med tusentals stenväggar som skydd. All natur är närmre där som den sommaren, jag tror jag var fem, då en trast flög in genom dörren, slog i insidan på köksfönstret och landade på spisplattorna som var varma efter att mina föräldrar lagat lunch. Det var bara min mamma och jag inne och hon blev räddare än jag. Det var en makaber syn att se fågeln ligga på rygg i dödsryckningar fram och tillbaka mellan spisplattorna. Om den dog av bruten nacke eller om den blev grillad till döds är omöjligt att säga i efterhand men det min pappa så småningom bar ut var en illa bränd tova med fjädrar. En lukt av död och bränt kött spred sig i huset. Av någon anledning associerade jag lukten med färgen röd. Varför vet jag inte än i dag. Kanske att det har med färgen på blod att göra.

Bara några dagar senare flög en annan trast in i ett stängt köksfönster och lämnade ett fettigt avtryck. Fågeln bröt nacken och dog omedelbart men avtrycket satt kvar länge. I all sin hemskhet var det ändå vackert och fascinerande. Vingarna avtecknade snyggt snett uppåt och huvudet vinklat åt höger. Jag tyckte det påminde om en ängel.

Fåglar var ett centralt tema under min uppväxt eftersom min pappa var fågelskådare. Ett av de mer bestående minnena var från en familjeutflykt med vår öppna utombordare. Vi åkte norrut från Saxarfjärden, förbi Linanäs och Dyvik mot färjelägret där färjan mellan fastlandet och Ljusterö går. Båten var relativt låg och vatten stänkte in från sidorna när vi tog oss över fjärden. Jag kröp ihop bredvid min mamma och drog hennes jacka över huvudet så jag endast hade sikt framåt. Strax efter Dyvik skymtade jag en märklig ö rakt norrut. Ö var kanske en överdrift, det var mer som en kobbe. Den lös helt vit och de fåtal träd som stod utspridda på klipporna var utan löv och spretade med sina torra grenar rakt upp mot skyn. Öns hela uppenbarelse gav ett spöklikt intryck. Död var ett ord som ploppade upp i huvudet. När vi kom närmre kunde jag se att stora svarta fåglar kretsade runt ön och att de även satt på de torra vita grenarna. Det var en suggestiv, skräckinjagande syn och min pappa såg att jag reagerade. Han förklarade för mig att ön invaderats av en skarvkoloni och att det vita var deras träck, deras bajs. Den lilla grönska som en gång funnits på ön i form av några fåtal träd hade dött och nu var ön bara täckt av skit.

När vi kom riktigt nära tittade jag upp och såg de stora, svarta fåglarna kretsa över ön. De landade och kastade sig ut ifrån de döda trädgrenarna om vartannat som om de var ovanligt rastlösa. Vi var till slut så nära att jag inbillade mig att jag kunde höra det torra frasande ljudet från vingarna när de skar genom luften. De påminde om svarta dödsänglar som släppts ut från helvetet och nu invaderade vår del av världen för att långsamt sprida död. De hade börjat med just den här ön men snart skulle de vandra vidare, från ö till ö och sen till fastlandet och snart skulle världen vara täckt av vit fågelskit och döda träd.

SKOTTSEKUND

Jag lärde mig tidigt att bita ihop och jag bet … bet så hårt att benmjöl yrde som rök i min mun … ord betraktade jag som misslyckade återupplivningsförsök … och för varje förlorat hjärtslag stelnade mitt pokerfejs ytterligare lite grann … jag delade min ensamhet med er alla och ni tog emot den med öppna armar … som rakblad … välkomnar puls …

OPERATIONEN

Tidigt morgonen därpå hämtade Lynn mig i en stor pick up. Det regnade fortfarande. När jag klev in såg jag att det satt fler i bilen, åtminstone åtta personer till. De var alla klädda som Lynn, i kängor och svarta jackor med huvor. De gav mig misstänksamma blickar men ingen sa något. Lynn presenterade mig för dem och några mumlade ur sig ett hej.

- Tim, du är bara med som åskådare … är det förstått? Du får inte delta aktivt … du är bara åskådare.
- Okej.

Kunde det vara sant? Var det här De underjordiska? Och skulle jag verkligen få vara med om en aktion? Bilen startade och vi åkte iväg. Lynn körde. Vi åkte ganska länge och alla satt tysta. Efter ett tag insåg jag vart vi var på väg, San Fransiscos flygplats. Då började mitt adrenalin pumpa … helt plötsligt insåg jag allvaret. En attack mot en amerikansk flygplats är ett federalt brott och skulle definitivt innebära fängelse. Jag försökte hålla mig lugn men jag var spänd i hela kroppen och svettades. Vid något tillfälle lutade sig Lynn bakåt mot mig och frågade om jag var redo för det här.

- Visst … visst är jag det.

Det var ju det här jag hade velat från början.

- Tror du det blir farligt?
- Kan bli ... men vi har övat länge på våra flyktplaner så allt du behöver göra är att hålla dig nära mig.
- Okej.
- Och du, Tim ... förutsättningen för att du får följa med är att du publicerar ... okej?
- Ja, självklart.
- Vi hade en omröstning tidigare huruvida du skulle få följa med eller inte och jag kan säga att det blev väldigt jämt så håll låg profil ... jag fick lobba rätt hårt för dig.

Bilen stannade vid flygplatsen och tre stycken hoppade ut. De utbytte blickar med varandra men ingen sa något. Sen stängdes dörren och vi andra åkte iväg. Jag började bli förvirrad, skulle inte alla delta? Efter ytterligare en halvtimme stannade vi och tre till hoppade ut. När jag sneglade ut såg jag att vi var vid Union Station och då började jag förstå. Så det här var vårt mål. Lynn, Set och Marvin som de andra två hette pratade tyst sinsemellan och såg till att de hade kontakt med de andra två grupperna. Tanken var att operationen skulle vara synkroniserad. Exakt halv nio, mitt i rusningen, skulle de slå till.

Lynn gav klartecken och vi gick ut i riktning mot stationen. Väl inne spred vi ut oss. Marvin och Set placerade sig framför tavlorna som visar ankomster och avgångar och Lynn placerade sig framför den stora klockan mitt i hallen. Jag slog mig ner på en bänk några meter bakom Lynn. Sen gick allt mycket snabbt. Lynn, Marvin och Set tog fram varsin slangbella ur sina ryggsäckar samt ett antal dankar. Både slangbellorna och dankarna såg väldigt avancerade ut. Lynn hade förklarat att de köpt dem genom en vapenleverantör i Tyskland. De var gjorda i lättmetall, förmodligen aluminium. De var väldigt lätta men hade en enorm slagkraft vilket jag fick demonstrerat för mig. Alla tre spände sina slangbellor tills ett högt sjungande ljud hördes och då ... med ett vinande "svisch" släppte de iväg sina dankar. De träffade sina mål med enorm kraft ... glassplitter regnade över perrongen. Innan dankarna träffat sina mål hade Lynn, Set och Marvin laddat om och avfyrat ännu en salva. Fem salvor var fick de iväg innan de lämnade sina positioner och spred ut sig på stationen. Slangbellorna stoppades snabbt ner i ryggsäckarna och de drog upp huvorna över sina huvuden. Jag hängde på Lynn ut genom stationen och in i pickupen. Set och Marvin var tätt efter och snart åkte vi därifrån. Ingen sa något men jag märkte på dem att de var nöjda med operationen. Jag hörde dom ha kontakt med de andra grupperna men jag hörde inte vad de sa. Vi åkte ut mot flygplatsen och plockade upp dom. När alla slutligen var med märkte jag att stämningen lättade en aning och de började prata med varandra. Jag förstod att de egentligen ville uttrycka sin glädje över operationen och typ dunka varandra i ryggen och utstöta ett och annat glädjetjut men att de höll på sig så länge jag var kvar. De släppte av mig utanför hotellet. Lynn sa, "vi ses". De andra nickade åt mig och sen försvann bilen ner längs Market Street. Jag gick upp på rummet och la mig. Jag kände mig helt utmattad efter all adrenalin och spänning och somnade, för en gångs skull, med detsamma.

Jag vaknade framåt eftermiddagen och slog på teven. Alla nyhetskanaler talade om attacken i San Fransisco. De pratade om aktionen i termer som "Time terrorism". De verkade inte uppfattat aktionen som ett upptåg av några uttråkade ungdomar utan som en välorganiserad, synkroniserad attack. Däremot hade de lite problem med motivet. De kunde inte riktigt förstå varför målen varit klockor. Men det framkom efter ett tag att det varit stora störningar i morgontrafiken vilket faktiskt överraskade mig. Jag hade nog sett aktionen mer som en symbolisk handling än en aktion som skulle ge direkta resultat. Det här skulle nog ge De underjordiska mersmak.

Jag gick ut på stan för att kolla folklivet. San Fransisco är en av mina favoritstäder och jag besöker alltid Chinatown och City Light Books när jag är i stan. Jag gick ner till Fisherman´s Wharf och kollade sjölejonen, pelikanerna, åt Clam chowder och begav mig tillbaka mot hotellet. På vägen slank jag in på Vesuvio och beställde en lokalt bryggd öl. Slog mig ned vid ett hörnbord med utsikt över hela lokalen. Tyvärr var det ganska dött på Vesuvio, ovanligt dött faktiskt. Mot slutet av min öl bestämde jag mig för att gå men såg då plötsligt en vitbuskig man skymta förbi bakom baren. Kunde jag ha sån jävla tur? Av alla gånger jag varit här har jag aldrig sett honom. Jag beställde en till öl och väntade och då … då klev han ut bakom baren och ut i lokalen. Vithårig och vitskäggig som värsta Gandalf … Lawrence Ferlinghetti … den enda levande Beatniken … Jag blev alldeles svettig … ville gå fram och skaka hand men Lawrence slog sig ner vid ett bord med bekanta och började prata … jag satt kvar i mitt hörn och stirrade storögt … beställde in en öl till … blängde storögt … beställde ytterligare en öl tills Lynn avbröt min ofrivilliga trans med ett sms. "Var är du?" "Vesuvio". "Ok, är där om tio". Skönt, då kanske jag får tillfälle att bete mig som folk och inte som en dreglande stalker.

Lynn marscherade in på Vesuvio, nickade mot Lawrence och när hon slog sig ner såg jag att hon hade en sten i en kedja runt halsen. Hon som aldrig har ett enda smycke på sig.

- Tycker du om min hematit?
- Blodsten.
- Kommer du ihåg att du blödde näsblod häromkvällen?
- Nää … gjorde jag?
- Jag samlade upp ditt blod, förstenade det och gjorde ett smycke av det. Hoppas du inte misstycker?
- Förstenade mitt blod? Allvarligt? Hur då?
- Jag la det i min keramikugn och hettade upp blodplättarna tills järnet smälte … sedan la jag det i en bokpress jag lånat från City

Lights … ingen vanlig bokpress utan gjord i massiv diabas. Efter nåt dygn hade den kristalliserat och jag trädde upp den på en kedja.

- Shit.
- Ja, så om jag kramar riktigt hårt om den nu kan jag mäta ditt tryck … känna din puls …
- Shit.

Hon log pillimariskt … hur man nu gör det … men det var ett underfundigt leende som om hon ruvade på en stor hemlighet.

- Shit.
- Du sa det.
- Åhh, känner du Ferlinghetti?
- Vi har pratat.
- Hur är han?
- Trevlig, gammal … men ändå inte. Ska jag presentera dig?
- Nej.
- Kom igen, varför inte?
- Nej, nej … jag är för full.
- Tror du inte Lawrence Ferlinghetti träffat fulla människor förr?
- Jag är inte så full.
- Ok, du … Steele kommer och möter upp strax.
- Ok.

Med en smäll slogs dörrarna upp och in travade Neal Cassady, Jack Kerouac och Allen Ginsberg, hojtandes, skrikandes och hängande runt varandras halsar. Fulla som troll. Dom slog sig ner vid Lawrences bord och beställde in mängder av öl. Jack hängde över jukeboxen och satte på jazzlåt efter jazzlåt.

- Jag drömmer.

Lynn satt och höll hårt i stenen om hennes hals. Jag kände blodet rusa … nästan koka över … det vara bara min favoritbeat som saknades … WSB … jag tror han, som vanligt, hade viktigare saker att göra än att hänga med sina protegéer ... han var ju ändå på uppdrag ... att rädda planeten ...

Lynn sträckte sig över bordet, fattade min hand och i en mjuk rörelse öppnade ett litet skrin smitt i ärgad plåt som pös tyst, som om den befann sig i undertryck. Hennes vita fingrar drog fram en halskedja i vilken en mjölkvit kristall hängde.

- Här ska du få se. Jag har precis avslutat ett litet mästerverk. Du vet vad jag gör va?
- Tror det.
- Jag gör högtryckssmycken av liv.
- Okej.
- Vet du vad det här smycket heter?
- Mmh, näh.
- Oppenheimers tår.
- ?

Lynn sträckte sig över mig och hängde den runt min hals.

- Den tår Oppenheimer fällde när effekten av hans uppfinning gick upp för honom. Den har jag trycksatt och kristalliserat.
- Verkligen? Menar du att Oppenheimers tår hänger runt min hals? Den tåren? Den berömda?
- Ja, jag kom över den på en auktion på svarta webben.
- Och hur kan du veta att det verkligen är Oppenheimers tår och inte bara en vanlig vattendroppe?
- Jag har mätt med min Geigermätare, den ger utslag. Stora utslag.
- Är det verkligen hälsosamt att ha den så nära kroppen?
- Om du sluter din hand runt den kan du nästan känna hur det tickar av radioaktivt sönderfall ... liksom pirrar i handen ... det blir nästan lite varmt efter ett tag.
- Drömmer jag?

Jag höll krampaktigt i halssmycket … knogarna värkte och blev vita … en puls dunkade i min handflata … "jag kommer sakna dig" … "jag släpper dig aldrig" … alla vill vi bli ihågkomna men det är bara den som står i strålkastarljuset som blir påkörd … ska sanningen fram var du nog inte närvarande … rödljuset blinkade iskallt blått … och du låg på ett hotellrum med venerna stela av knark … mikrobävningarna gick dig obemärkt förbi … krustans desperata försök att ta spjärn och en gång för alla … med tio snabba armhävningar atletiskt kasta staden i havet …

Berget är ensamt … förbereder sig … för det slutgiltiga … förvaret …

Jag valde en plats där det var alltför lätt att försvinna … en plats där tidtabellerna var reducerade till vita streck på en klarblå himmel och språket alltför begränsat för att fråga efter någons ursprung … jag checkade in på ett hotell där drömmarna redan var insydda i kuddarna … där ensamheten var nedtrampad i den bruna heltäckningsmattan och teven mottaglig för all min längtan … jag sålde mitt pass till en man på gatan för en bunt monopolpengar … en förmögenhet sas det till mig … en förmögenhet som jag spenderade på obeskrivlig lyx … jag köpte rättigheterna till en huvudroll i ett pojkboksäventyr där hjälten mot slutet jagar till och med sig själv på flykt … jag köpte mig en plats på en poster … klädde mig i en av kropparna som hänger på väggen … i ditt tonårsrum …

Du vet med säkerhet … att när ditt yttre försonas med ditt inre och du kan skaka hand med din egen spegelbild … när din skugga till sist blir självständig och du kan sitta tyst och lyssna på varför den flackat efter dig i alla dessa år … då kan du låta det vita ärret på din handled brännas av solen … stygnen av kuggar långsamt tyna bort …

H J Ä R N S P Ö K E N

Dagen därpå vaknade jag upp på Professor Steeles kontor med världens baksmälla. Hela kroppen överkänslig som om den bestod av en och samma nerv. Professor Steele tittade upp bakom sitt skrivbord när jag stönande rullade ur soffan.

- Du gjorde bra ifrån dig igår.
- ?
- Jag tror aldrig jag sett någon lära sig så fort tidigare.
- ?
- Ont i huvudet?
- Ja, som fan ... inte drack vi något i går?
- Nä, men du gjorde ditt första drömtidshopp.
- ?
- Man blir fast fort.
- Fast?
- Fast på drömtid.
- Va fan yrar du om Steele?
- Kom så ska du få dig en återställare.
- Jag vill inte ha en återställare. Jag är hungrig.

- Den här baksmällan biter inte lite bacon på … du måste bli exponerad för drömtid.
- Bacon låter gott … eller en hamburgare … en Whopper med extra av allt.
- Här, lägg dig ned.
- En pizza med salami och lök.
- Lägg kudden under huvudet.
- Nej, förresten, bacon … inte salami … och så ska det vara rå lök.
- Visst, slappna av nu.
- Du vet, när de slänger på rå lök efteråt.

Steele tog ner ett timglas från en hylla och la den horisontellt på bordet så den bildade en liggande åtta … tecknet för evighet.

- När man kommer tillbaka från drömtid är det som att ha korsat ett flertal tidszoner under väldigt kort tid … du lider av något man skulle kunna likna vid jet-lag … fast mer som eeh … rum-lag … om du förstår?
- Vadå, har jag befunnit mig i någon annan tidszon?
- Nja. Inte tidszon … snarare en rumzon där tid inte existerar … när man sen blir exponerad för tid igen blir man sjuk … ääh, skit samma … luta dig tillbaka nu … slut ögonen och tänk på den där platsen dit du först anlände.

Steele tog fram en bok, bläddrade varsamt de torra sidorna tills han hittade rätt kapitel och började sedan läsa tyst … mycket tyst … så tyst att jag var tvungen att verkligen anstränga mig för att höra. På långt håll hörde jag Lynn komma in i rummet. Hon undrade vad som hände och ännu längre bort hörde jag Professorn svara.

- Jag sträckte mig in och vände hans biologiska timglas i horisontalläge … nu finns ingen återvändo …

Vi hittar Martini under ett blommande dödskalleträd försjunken i djup opiumkoma. Vi slår oss ner och väntar ut honom och när han slutligen efter tre dödskalleträdspollineringar vaknar upp med en blick som fullkomligen lyser av … tomhet …

- Vill ni ha röka?
- Eeh, visst.
- Det här är daggvåt savann … fladdrande ljus i en Trombolisk hamn …

Han tänder en jolle som han skickar runt.

- Såå … ni är på jakt förstår jag?
- Veneria.
- Mmh?
- Man har hittat några intressanta lager där.
- Mmh?
- Med riktigt skumma mätinstrument.
- Mmh?
- Riktigt gamla mätinstrument.
- Mmh?
- Med skalor som inte överensstämmer med några kända fysikaliska eller metafysikaliska fenomen.
- Mmh?
- Och eftersom jag är expert på …
- Alright, jag är på.
- Eeh … jaha, ja, ok då.
- Vadå ok då? Utan mig grabbar skulle ni inte hitta era egna snabelslitsar.
- Visst, visst … du får hänga på.
- Hänga på? Jag är er förbannade guide. Förstått?

Jag och Dag tittar på varandra.

- Ok … du är vår guide.
- Bra … låt oss gå innan mörkret faller som en sten från våra bröst.

Martini stiger upp och tittar högtidligt mot horisonten som den ektoplasmageneral han är. Vi följer en flod uppströms genom en dalgång som blommar i purpur. Martinis fotosyntetiserande solcellsmantel fladdrar i vinden och han slänger teatraliskt med den i äkta gentlemannamanér. Vi passerar dalgångar tunga av prunkande växtlighet … blottade flodfåror med lager av kollapsade civilisationer … meterlånga skalbaggar med skottsäkra pansarskal … snobbiga djungelbrats med vattenkammade sidenmanar … ljusskygga torpediglar … försynta nattdjur med ögon stora som oljefat … psykotiska grottbestar … nersmittade pencillinstim … mörkrädda fladdermöss … ångestfyllda brunstborrar … våghalsiga stuntstarar … faderlösa machohundar … respektlösa styggläppar … förtidspensionerade halvgudar … uppnosiga adelspäron … bortsprungna orienteringstranor … flirtande stinksvin … en förförisk cyanidvipa … inställsamma smilfinkar … hjärndöda sockerpullor … orakade skäggloppor … dyksjuka landkrabbor … reumatiska hoppkräftor … och svulstiga amöbor från övre magmunnen …

När natten faller slår vi läger i ett skyddat buskage intill stranden och kryper ner i våra proteinpungar. Min tillhör *Tungus Pungus*-släktet och utrustad med ett skyddande kevlarhölje. Jag somnar till jättesyrsornas nattserenad i D-moll … dirigerade av en svart trumpetsvamp utbildad vid Mycorrhiza-akademien … ljuvare musik finns inte …

Nästa dag raderas ur vårt minne men vid skymningen kommer vi fram till en vall där en stam tarmtroll är i färd med att slå nattläger. Ett hustroll går runt bland de andra trollen och blåser upp stora boningsblåsor ur sin tredje näsborre. Blåsorna växer som stora såpbubblor och när de träffas av det purpurröda skymningsljuset växlar de i regnbågens alla färger. Ett tjugotal boningsblåsor ligger utspridda längs strandkanten och glänser psykadeliskt likt olja i vatten.

Övertrollet kommer emot oss med öppna armar och välkomnar oss hjärtligt. Han ser förskräckligt missanpassad ut här ute i dagsljuset med sin kritvita, opigmenterade hy och sina röda ögon. Hans buk är svullen och svansen slokar i dammet vilket är det tydligaste tecknet på att något är på tok. Hans boningsblåsa däremot skiftar i mörklila vilket är trollens färg för glädje så vi vet att vi verkligen är välkomna. Det är praktiskt med trollens mentala koppling till sina boningsblåsor, de fungerar som ypperliga lögndetektorer.

Trollen bjuder in oss till en spartansk kvällsmåltid bestående av härdad gallbuljong som trollen värmer över lågan ur en upp och ned vänd butanrävs röv. Vi passar på att fråga övertrollet varför de lämnat sin hemtarm, det är ju inte ofta man stöter på tarmtroll ute i det fria precis. Övertrollet förklarar att de bott i ändtarmen på en kompostbäver men på sistone haft problem med hjärnspöken som terroriserat deras tarm och till sist blev de tvungna att ge sig av. Martini, vars expertis är just tarmspöken, reagerar direkt och erbjuder sina tjänster för att hjälpa trollen att driva ut spökena. Trollen blir överförtjusta och de bestämmer att en liten grupp av kommandotroll ska följa oss till tarmen vid gryningen. Men bara till ändtarmen ... längre än så vågar de inte gå ... sen får vi klara oss själva.

Övertrollets fru ger oss en varsin tuss tarmludd att värma oss med under natten och det tar vi emot med glädje. Tarmtrollens nattludd är känt för sin mjukhet och sina invävda sköndrömmar. Jag somnar med en nattugglas skränande fyllevrål på avstånd och drömmer om mörka fågelväsen som pickar på mig med svartglänsande näbbar.

Ett blygt tarmtroll väcker oss tidigt nästa morgon och serverar resterna av kvällsmaten till frukost innan vi ger oss iväg. Vägen mot kompostbäverns tarmöppning är ogästvänlig och går över rakbladsvassa titanklippor, övergivna gravfält från tusendelskriget och träsk av halvruttna, aborterade drakfoster.

I en glänta med hängande självmordscederträd mynnar bäverröven. Kommandotrollen står på avstånd och betraktar den krystande ringmuskeln med skräck. Jag, Dag och Martini tar farväl av trollen och beger oss in i mörkret. Eftersom tarmen saknat nedbrytande troll den senaste tiden är tarmaktiviteten lika med noll och stanken inte så överjävlig som om tarmtroll hade varit närvarande. Mörkret är kompakt och eftersom det inte är möjligt att se något slår vi på vår hallucinogensyn och faller in i djup dröm. Efter ett tag skymtar vi skuggor som sveper fram och tillbaka längs tarmväggarna och hoar som sinnessjuka gasättlingar. Vi tror först att vi ser i syner och att det bara är inbillning men efter ett tag blir vi säkra. Det råder inget tvivel om att det är hjärnspöken vi råkat på. Martini sätter sig tillrätta i en hög med mjukt tarmludd och bjuder in våra syner att lägga sig tillrätta på tarmluddssoffan så terapin kan börja.

- Hur kommer det sig att ni har valt just den här tarmen att spöka i?
- Fråga inte oss ... det är ni som inbillar er.
- Försök inte slingra er ... ni måste förstå att tarmtrollen är förtvivlade över att ha förlorat sitt hem.
- Vilka då?
- Tarmtrollen ... de som bodde här och skötte ruljangsen innan ni dök upp.
- Du, det finns så många märkliga varelser här inne i tarmmörkret så vilka tarmtrollen är har vi ingen aning om.
- Hur som helst ... ni måste lämna den här tarmen ... utan tarmtrollen kommer tarmen inte klara av att bryta ned allt som stoppas in i andra änden och den kommer till slut kollapsa och då har ni inte längre någon tarm att spöka i.
- Vi hittar en ny.

Martini tittar beskt på tarmspökena och börjar förstå att han måste ta i med hårdhandskarna. De här envisa spökena tänker inte ge sig av frivilligt. Ur en hudflik i grenen tar han fram sin teleplasmasnabel, lyfter armarna över huvudet och börjar tala i tungor. Efter någon minut börjar snabeltoppen lysa som en fladdrande eldfluga och rätt som det är ställer sig Martini bredbent och kör helikoptern. Hans höftrörelser är djupa och för varje snurr snärtar han iväg ett guldglittrande stoft. Stoftet sätter sig på tarmväggarna som ett klister och efter ett tag börjar tarmen att kränga i ålande rörelser. Martini vänder sig mot oss och skriker, "spring!!!" Jag och Dag lägger benen på ryggen tätt följda av Martini som fortfarande kör helikoptern medan han springer. Det är inte direkt lätt att hålla sig på benen när tarmen kränger allt värre men slutligen ser vi ljuset i tunneln och i sista sekund kastar vi oss ut. Med ett brak kränger tarmen till och en störtflod av bäverträck sprutar mot himlen. När tarmen slutligen sjunker ihop på marken med ett plask ropar Martini euforiskt.

- Whoa, vicket jävla lavemang!

Vi reser oss, torkar av oss det värsta och går mot gruppen av tarmtroll som står som förstenade vid skogsdungen. När de hämtat sig erbjuder de sig att guida oss tillbaka men vi avböjer och ber dem hälsa till övertrollet att det bara är att flytta in igen. Vi går ner mot dalgången och tar Snigelexpressen mot Kråkero. Det visar sig vara en vältrafikerad rutt med mycket slem … det glider på bra och det tar bara en eon att komma fram.

Någonstans i fjärran hörde jag Steeles röst.

- Lynn, det här går inte … ta honom till hotellet.

UNDER BELÄGRING

Jag återfick medvetandet i hotellfönstrets alkov. Ihopkrupen med huvudet tungt vilande mot knäna. Hur länge hade jag suttit där? Regnet smattrade fortfarande hårt mot fönsterblecket … som poppande popcorn. Det är den där lömska vaktmästaren … han smyger in när jag minst anar det och smörjer blecket med het olja … river min biljett och visar mig till min plats i salongen … fönstret är min bioduk på vilken vilda biljakter, skottlossning och spritbutiksrån projiceras. Där ute kämpar superhjältar mot superskurkar … betong slits från väggarna … glas splittras och sprids i skurar över de svarta gatorna … superhjältarna förstår inte hur de ödelägger staden i sin framfart mot ondskan …

Jag satte mig vid bordet, slog på datorn och kände hur inspirationen började komma. Medan datorn laddade igång gick jag in i badrummet, hämtade ett glas och slog upp det sista av vinet. Jag satte mig ner och började skriva frenetiskt. Det finns tillfällen då orden flödar och det bara är att banka in dem i datorn. Tangentbordet klapprade högt under mina fingrar och jag kände hur en story började ta form framför mig på skärmen. Jag hade säkert suttit en timme och skrivit då jag plötsligt vaknade till liv av att något slog emot fönsterrutan. En dov duns. Jag tittade upp och såg en siluett avteckna sig bakom gardinerna. Det var en fågel, så mycket såg jag. En kråkfågel. En ganska stor sådan. För stor för att kunna sitta på fönsterblecket.

Jag hörde ett lätt skrapande mot rutan. Ljudet av en hård näbb mot glas, fast högre, mer isande. Som naglar på en griffeltavla. Vinden fick fatt i gardinen. "Var inte fönstret stängt?" Gardinen flaxade vilt inåt rummet och jag rullade ut stolen från bordet för att öka avståndet från fönstret. Jag såg hur fågeln sträckte sig in ... ett svart ben med tre klor fram och en stor tå bak klev ner på heltäckningsmattan. En fjäderförsedd arm sköt gardinen åt sidan och så en till kloförsedd fot på mattan. I mörkret såg jag hur en välputsad, svart näbb avtecknade sig och pekade rakt mot mig. Hela varelsen trädde fram ur skuggorna och stod där, säkert två meter hög, och stirrade stint på mig med död blick. En lukt av ljummen, röd död spred sig i rummet. Jag hörde ett torrt frasande ljud när den sträckte sina vingar mot taket och skakade ut dem ... som om den befunnit sig på en trång plats och nu var tvungen att sträcka på sig. "Vem vet, det kanske är ont om plats i dödsriket?" Efter sin muskelsträckande rörelse lät den vingarna hänga slappt längs sidorna. Jag satt blickstilla i stolen som jag backat upp så långt det gick mot väggen, i hopp om att den inte upptäckt mig ännu. Men jag lurade bara mig själv. Den vred sakta på huvudet och fäste mig med sin blick, som spikar från en spikpistol. Paralyserad. Sakta öppnade den näbben och jag tyckte mig uppfatta röster strömma ur den. Baklängesröster. Med ett tvärt "klapp" stängde den näbben och bara stirrade på mig. Tiden stod stilla ... frös rummet till ett fotografi. Ett negativ av rädsla.

Varelsen öppnade återigen näbben. Den här gången lite mer och då hörde jag det igen, röster strömmade ut från fågeldemonens djup. Jag kunde inte avgöra om det var människoröster, men röster var det i alla fall och det lät som om de talade i tungor. Det gick inte att urskilja några ord eller meningar men ett språk var det helt klart. Som en våg av röster som pratsjöng i munnen på varandra, i fullkomlig otakt. Tungomål.

Fågelvarelsen slog igen näbben igen och stirrade på mig. När den för tredje gången öppnade näbben gjorde den det ordentligt. Rösterna accelererade och blev högre och högre. Jag blev osäker om ljuden kom från demonen eller om rösterna kom inifrån mig själv. Som ekon. Det kändes som om det var en kör av röster som stegrades inom mig, ständigt accelererande utan att nå sin kulmen. Utan att nå toppen, där vågen bryts och sjunker tillbaka. De bara ökade och fyllde mig med svart ångest. Hur länge skulle det pågå? Jag tryckte händerna för öronen men det hjälpte inte. Rösterna var där ändå, lika höga, lika ångestfyllda. De vällde över mig.

Plötsligt slog fågeldemonen ut med sina vingar och en tryckvåg gick genom rummet som slog mig till golvet. När jag reste mig upp var rösterna borta, fågeldemonen borta. Allt stilla. Bara gardinen som flaxade lätt i kvällsbrisen från havet. Utanför hörde jag sirenerna studsa mellan väggarna. Jag kände mörka skuggor krypa ihop och gömma sig för det blå, iskalla ljuset som piskades mot den våta asfalten … små skygga däggdjur som tar skydd för reptilerna … i natt kommer ingen undan.

Tid förflöt … staden stannade upp för ett ögonblick och höll andan … lyssnade ner i sig själv … halvt mediterande … en pundare skrek till i tunnelbaneuppgången … en stulen bil gled fram längs mittlinjen … nästan flög … tickande övergångsställen överröstade bruset från tröga signaler av teleplasma som piskade fram … studsade mellan väggarna … ingen går säker … en kvinna värjde sig epileptiskt … kassens innehåll spreds över trottoaren … bara två torra fingrar sträckte sig för att hjälpa …

… kollision av djuptidsekon …

- Jag kan inte sova längre.
- Men jag väckte dig ju precis.
- Jag bara slumrade.
- Du snarkade.

- Jag sjöng.
- Det här kommer bli din död.
- För sent ... du passar i mina Converse.
- Tack.
- Du kan få dom.
- Men du har ju inga andra skor.
- De e lugnt. Jag kan levitera.
- Okej, jag ska tänka på saken.

... lamporna slocknade en efter en på andra sidan gatan ... huset blev ett öde skelett av armering och kontorsmaterial ... jag följde siluetten av en nattstädare på våning sju ... rum släcktes och tändes ... tänk om han springer på ett spöke ... ingen skulle höra hans rop på hjälp ... han är ensam ... kanske en nattvakt skulle hitta honom ... hjärtstillestånd ... fast i ett ansiktsuttryck av fasa ... ren och skär skräck ...

... den kommer bara på natten ...

- Jag saknade dig ... fy, fan va jag saknade dig ...
- Men jag var här hela tiden ...
- Du förstår inte ... verkligen saknade dig ... som om det brann i bröstet ...
- Jag är här nu ...

... som en amputerad kroppsdel ...

... det är bara skit på teve ... "stäng av då" ... går inte ... "ge mig fjärren" ... hjälper inte ... "ge hit" ... jag har dragit ur sladden ... ett museum av mänsklighetens samlade skit ... totalt hjärtlös ... som en skadeskjuten fasan som vägrar dö ... vägrar ge upp ... allt snabbare andhämtning innan mörkret sluter sig ... hjärtat slår dubbla slag för att pumpa runt all skit i systemet ... kasta ut det i omlopp ... om hundra år snappar en astronaut upp signalerna ... skrattar åt det och arkiverar det åt en stackars etnolog för vidare analys ... remiss till Medicine Doktor ... symptom ... diagnos "illa" ... tung medicinering ... cellgifter och tung psykofarmaka ... ge mig ett recept så får du mina Converse ...

... stadens samlade ångerrätt detonerade mot mitt fönster ... utanför reste sig monoliterna mot skyn ... försvann halvvägs i dimman ... en uppochnervänd ruin ... jag såg en superhjälte klättra på motsatta glasväggen ... flyende från människor i nöd ... högsäsong för superskurkarna ... många själar att rädda ... frälsning får endast de som vågar svälja mörkret och glassplittret från den krossade busskuren ... ljummen röd död sipprade ut från McDonalds ... kväljande ... några ungdomar stoppade en taxi ... ingen fann ord ... koordinaterna tappades på bilgolvet ... någon famlade i mörkret ... hittade en skärva med torkat blod ... vägs ände och vidare ...

... och i dess förlängning gick jag vilse ... och hittade hem ... "stanna nu där så jag slipper bege mig ut igen" ... jag tror inte att du förstår ... måste ha hennes tickande hjärta fastspänd över min handled ... desperat klappande i otakt ... vem spikade upp klockan på väggen? ... den är biologisk och ska inte separeras från sin värdorganism ... ett organ utan kropp ... det är därför den måste dras upp med jämna mellanrum ... för att fortsätta slå ... på egen hand ... konstgjord andning ...

Staden väcktes åter till liv med elchocker ... stötar som spred sig epileptiskt fram mellan de mörklagda gatorna ... "ett, två, tre", fyll lungorna med luft ... "ett, två tre", fyll lungorna med luft ... "clear" ... zap ... "andas för helvete" ... "kom tillbaka" ... "clear" ... zap ... ett andetag ... ett hjärtslag ... tid förflöt utan att någon la märke till det ... utan att någon var förmögen att mäta den ...

... jag hittade dig i ett öde kontorslandskap ... krigsmålad ... en utrotningshotad art ... ditt förstånd sa åt dig att lägga ner vapnen ... men dina instinkter sa åt dig att starta krig ... skallar krasade under dina larvfötter ... napalm slickade barnkroppar rena ... ingen gick säker under kontorstid ... stackars sate ... om du bara visste vad din chef tänkte om dig … kanonmat … även gamarna måste utfodras i ett välfungerande ekosystem … du trodde på Gaia … att offra sig för en god sak … du var ändå bara en impuls mellan två synapser … en signal i en högre organism” …

… halva din inkomst gick till välgörenhet … bortglömda krig i länder utan namn … kroppar utan identitet … massgravar fyllda till bredden med dollars … de som inte bryr sig plockar ut ränta på dina blodspengar … köper ett stort hus och låser om sig … sår små frön i trädgården som gror till landminor och blommar ut i splitter …

… fläkten i taket snurrar allt snabbare … den kommer att lossna … slita sig loss och sätta rotorbladen i väggen som en störtande helikopter … men istället för att lyfta telefonen drar du för gardinerna … och släcker lyset …

Jag vaknade till av en smäll mot fönstret. Yrvaken och en aning desorienterad rusade jag upp och sprang mot fönstret. När jag drog undan gardinerna såg jag siluetten av en fågel som flugit in i fönstret. Den hade lämnat ett avtryck i fjäderskrudsfett med enstaka fjädrar som satt fast i fettet. Avtrycket var mycket teatraliskt och suggestivt. Vingarna var utsträckta, huvudet snett uppåt (bruten nacke?) och kroppen riktad nedåt med stjärtfjädrarna svagt avtecknade. En fallen ängel.

Jag öppnade fönstret och tittade ned. På avsatsen nedanför låg en duva och ryckte i dödsspasmer. Det såg ut som om den försökte öppna näbben och kippa efter luft men något hindrade den, förmodligen en bruten nacke. När jag tittade ut blev den stilla, tänk att försvarsmekanismerna funkar ända in i döden. Den måste ju ändå fatta att den inte har långt kvar? Huvudet vred sig en millimeter men tillräckligt för att den skulle kunna fästa blicken på mig. Den blev liggande så och vi tittade på varandra ett tag tills jag var säker på att den var död. Bröstkorgen rörde sig inte längre, inte näbben eller ögonen heller. Jag stängde fönstret och stod och tittade ett tag på avtrycket. Det var vackert på något sätt, som hämtat ur en tavla eller något religiöst motiv. I kyrkor är ofta duvor avbildade ur det här perspektivet. På väg upp mot himlen och ofta med en olivkvist i näbben. Vackert men på samma gång hemskt. Jag drog för gardinerna för att slippa se det. Satte mig vid datorn för att jobba då jag uppfattade några höga toner utifrån. Det var inte fågeln som lät, det var jag helt säker på. Det lät mer som överljudstoner från fladdermöss. Jag satt stilla ett tag, koncentrerade mig på ljuden. De kom helt klart utifrån, men långt bortifrån. Jag gick tillbaka till fönstret, drog undan gardinerna och öppnade. Ljuden blev något starkare och när jag tittade upp mot himlen såg jag en flock av svarta kråkfåglar cirkulera runt mitt kvarter. Det var som om de höll på att ropa på fler att samla sig till en större flock. Fler och fler anslöt och de bildade nu ett svart moln som cirkulerade runt, runt. Ljuden blev högre och högre och nu lät det inte längre som överljudstoner av fladdermöss utan som riktiga fågelläten. Skräniga, kraxande nästan anklagande. Jag började känna mig illa till mods och drog för fönstret en aning. Sneglade ner på den döda fågeln på avsatsen. Inte kunde det väl ha med den att göra? Inte kunde det handla om någon samlad hämndaktion från fågelsamhället? Jag kunde ju inte rå för att fågeln flugit in i mitt fönster. Det var ju inte ens mitt fönster, det var hotellets. Det kunde omöjligt vara mitt fel. Men tänk om fågeln var på väg till mig för att leverera ett meddelande? Varna mig? Inget litet brev satt runt dess fötter så det var ingen brevduva men fåglar hade ju visat sig ha andra sätt att kommunicera de senaste dagarna.

Molnet av svarta fåglar växte sig oroväckande stort och skymde större delen av himlen nu. De höga skräniga ljuden fyllde luften med obehag och jag började misstänka att någonting hemskt var på väg att inträffa.

Jag tittade upp igen och plötsligt såg jag hur en mindre grupp bröt sig ur flocken och störtade nedåt. Helvete! Jag slängde igen fönstret, drog för gardinen och backade inåt i rummet. Den första fågeln dunkade in med en kraftig smäll tätt följd av andra. Det lät som en kulspruta mot fönstret. Hur länge skulle fönstret hålla? En ny skur av fåglar störtade mot glaset som nu sprack. Ett nätverk av sprickor spred sig över glaset. Helvete, vad höll på att hända? Fåglarna var verkligen ute efter mig. Ute efter att hämnas sin döda kamrat. Den tredje skuren slog emot fönstret med ökad styrka och plötsligt krossades glaset i en explosion av splitter och ett svart moln av fåglar trängde in i rummet. Det var vingar, näbbar och klor överallt. Jag försökte värja mig med armarna men de högg och bet tills de drog blod. Blodet verkade bara trigga dem än mer och rummet var nu ett svart kakofoniskt inferno av blodtörstiga fjäderbeklädda varelser. Det var omöjligt att ta sig till dörren så jag välte omkull soffan och slängde mig bakom den. Jag hörde och kände hur fåglarna flög in i soffan med all sin kraft. Det dunkade konstant och jag var tvungen att hålla emot så gott det gick. De pickade och slet i stoppningen som om de rensade ett kadaver på en Afrikansk savann. Herregud, jag kommer aldrig överleva detta. De måste vara flera tusen.

Så länge jag orkade hålla emot skulle utrymmet mellan soffan och väggen tjäna som mitt skyddsrum, min bunker. Fåglarna dunsade emot utsidan av min bunker som kärnvapenmissiler mot NORAD. Jag kunde nästan se det framför mig hur de avfyras från ramper i Ryssland och skickas över Stilla Havet för att detonera mot min soffa. Det slutgiltiga kriget var här. Det sista slaget utspelade sig i mitt hotellrum. Denna attack skulle utrota hela mänskligheten och förmodligen större delen av allt liv med undantag för någon enstaka råtta och kackerlacka som överlevde djupt nere i katakomberna. I något avlägset tunnelbaneschakt eller någon bortglömd del av avloppsystemet. Där skulle de leva på mänskligt avfall tills radioaktiviteten klingat av på ytan och de kunde söka sig upp och ta över planeten. Ironiskt att råttor och kackerlackor skulle bli herrar på planeten Jorden. När dinosaurierna dog ut tog däggdjuren över och peakade med däggdjuret *Homo Sapiens Sapiens*. Peakade var kanske att ta i men enligt många befinner sig mänskligheten på toppen av en evolutionskedja som började med små igelkottsliknande gnagare för trehundra miljoner år sedan. Vi är grädden på moset.

Nu tar alltså de mest motståndskraftiga organismerna från däggdjursriket och insektsriket vid och ska föra det högre livet vidare på denna planet. Evolutionen är full av överraskningar minst sagt, och en aning ironisk. Hur blir det om några miljoner år när de utvecklats till civiliserade varelser? Hur ska de kunna samexistera på planeten? Kommer fruktansvärda krig bryta ut mellan aristokratiska gnagare och revolutionerande insekter? Det kanske blir tvärtom, att kackerlackorna blir den härskande arten och råttorna det förtryckta folket, förpassat till U-länder. Det vore ju inte mer än rätt, de senaste hundra åren har däggdjur visat att vi inte är lämpade att styra den här planeten. Insekterna kanske är bättre lämpade? De har ju en otrolig förmåga att organisera samhällen. En aning fascistiska, men ändå, de fungerar.

Jag kan se framtida samhällen torna upp sig där kackerlackor byggt geometriskt perfekta städer i titan. Hur tjänstemannakackerlackor kryllar ut ur sina skyskrapor prick klockan 07.30 varje morgon för att gå till sina geometriskt perfekta kontorskuber och flitigt arbeta, utan vare sig lunch eller fikarast tills arbetsdagen är slut och precis klockan 18.00 kryllar de ut ur byggnaderna igen för att ta sig hem. Jag kan höra rasslet av kryllande insektsfötter mot titangatorna. Det metalliska ljudet som uppkommer när deras skal stöter till varandras skal. Den svaga, surrande överljudstonen från deras antenner när de söker av sin närmaste omgivning. Förmodligen har deras antenner utvecklats till långdistanskommunikationssystem som de kan använda för att koppla upp sig mot det världsomspännande Insectnet. Jag hackar in mig på deras signaler och känner av informationsflödet. En grupp terroristgnagare har sprängt två av de mest prestigefyllda byggnaderna i kackerlackornas stad. Flera tusen har dött i ett och samma slag vilket inte skett i kackerlackornas historia sedan svenskarna invaderade turistparadiset Thailand för flera miljoner år sedan. Och nu diskuteras motangrepp. Man ska slå tillbaka hårt och kraftfullt för att visa sin styrka och att man inte tolererar terrorism på kackerlackemark.

Jag hör rasslet av miljontals kackerlackeskal när deras arméer drar ut i ändlösa och meningslösa krig för att upprätthålla sin världsordning. Tusentals och åter tusentals oskyldiga gnagare faller offer för kackerlackornas ilska under åren som följer.

Mitt i denna krigshärd av fullkomligt kaos såg jag att min dator hade följt med när jag vällt omkull soffan. Nu låg den i ena hörnet med Spotify igång. Jag sträckte mig förtvivlat mot den och lyckades sätta på play. The Knifes Heartbeats gick igång på full volym (jag har alltid varit nöjd med ljudet i min bärbara dator) och bara några takter in kände jag modet komma tillbaka. *"One night to be confused ... one night to speed up truth ... both under influence ... mind is a razor blade"*. Halvvägs in i låten var jag fullpumpad med adrenalin och förvandlades till en tevespelsninja. *"One night of magic rush ... the start: a simple touch ... one night to push and scream"*. Till tonerna av kören mot slutet av låten (som jag alltid förknippat med Afrikansk musik av någon anledning) vräkte jag omkull soffan, tog tag i golvlampan, slet av skärmen, ryckte loss den från vägguttaget och började svinga den som en påk över huvudet. *"To call for hands of above, to lean on ... wouldn´t be good enough for me, oh"*. Min precision var fullkomlig och för varje slag svepte jag iväg minst ett tiotal kråkor. *"And you ... you knew the hand of the devil ... and you ... kept us awake with wolves teeth"*. Jag arbetade mig systematiskt igenom hela rummet som den krigare jag är ... fåglarna föll som torra, frasande höstlöv på heltäckningsmattan ... tills jag stod mitt på golvet, ensam. *"Sharing different heartbeats in one night"*. Jag svingade påken några extra varv över huvudet för att visa mina "skills" innan jag lät den falla till golvet och jag gick och stängde fönstret. *"And you ... you knew the hand of the devil ...*

and you ...

kept us awake with wolves teeth".

TIMMEN ÄR SLAGEN

- Herregud, va i helvete har hänt?

Det var Lynn som stod över mig, röd i ansiktet och bara skrek rakt ut.

- Va?
- Vad har du gjort? Är du inte klok?

Jag kravlade fram från där jag låg inklämd under soffan och gnuggade sömnen ur ögonen. Hade jag sovit här på golvet? Under soffan? Och varför hade jag vällt omkull den? Jag tittade mig om i rummet och fick en chock. Jag höll med Lynn, vad i helvete hade hänt? Hela rummet var förstört. Lamporna, teven och spegeln var sönderslagna. Gardinstången hängde halvvägs ut genom fönstret och gardinen, eller åtminstone det som var kvar, var jag själv insvept i. Byrån som teven hade stått på var omkullvält och sängen stod på högkant mot ena väggen som om den fungerat som mur. Mot något. Vad i helvete! Vad hade hänt? Var det jag som gjort detta? Det var omöjligt, jag hade absolut inget minne av det.

- För i helvete Tim, jag trodde du skulle fixa det här med lite miljöombyte men det är uppenbart att du inte hanterar det som händer med dig. Du behöver hjälp ... snabbt. Fan, du har ju mer skit inom dig än vad jag hade.

Det var alltså jag som åstadkommit detta kaos. Jag klev förtvivlad runt i röran på golvet och när jag såg golvlampans sönderslagna lampstativ var det som om någon tryckte på rewind och nattimmarna spelades upp inför mitt inre, i ultrarapid. Ångesten steg som en tidvattenvåg inom mig och jag var tvungen att lägga mig på golvet för att inte tuppa av. På avstånd hörde jag hur Lynn pratade med någon i telefon. Från Youtube hördes Will Ferrel; *"Somewhere in the distance ... we heard the pounding ... of native drums"*, det brister för Rachel Dratch och hon vänder sig mot Will Ferrells håriga och nakna överkropp som skakar av undantryckt skratt ... *"was it in our minds? ... we don´t know"* ... publiken exploderar i skratt och applåder ... Jimmy Fallon tittar sig förvirrat omkring för att inte sabba scenen ytterligare ... *"Luvah ... would you care to see my bed in dawn with hibiscus petals?"* ... Drew Barrymore får honom att slutligen tappa den lilla skådespelartalang han en gång haft.

Det knackade på dörren och jag reste mig sakta för att öppna. Det var Lynn i sällskap med professor Steele. De klev in samtidigt som jag sjönk ner i soffan igen. Den gav ifrån sig en ansträngd suck. Professor Steele tog av sig sin rock och hängde den över ryggstödet på en stol.

- Tim, jag har hört av Lynn att du ... terroriseras av mardrömmar ... både i sömnen och i vaket tillstånd? Är det så?
- Mmh.
- Lynn berättade att du börjar få svårt att skilja på vad som är dröm och vad som är verklighet.
- Är det någon skillnad?
- Eeh, du har en poäng. Både ja och nej.
- Trodde väl det.
- Hur som helst finns det metoder för att lösa det här problemet.

Han sträckte sig efter något i fickan och drog fram ett armbandsur. Jag ryckte instinktivt tillbaka och skrek.

- Vad i helvete håller du på med? Ta bort den där! Har inte Lynn berättat?
- Jo, hon har berättat … men Tim, det här är inte ett vanligt armbandsur.
- Tror du jag är dum i huvudet eller? Tror du inte jag vet hur en klocka ser ut?
- Tim, lyssna nu på mig, det här är ingen vanlig klocka, känn efter själv.

Jag stannade upp i min reträtt och tittade på klockan. Faktum var att jag inte kände något. Jag sträckte handen mot den och kände fortfarande ingenting.

- Du ser, det är ingen klocka. Nu måste du lyssna noga på mig Tim, det här är viktigt. Titta på urtavlan … inga siffror.
- Mmh, jag ser det … men vad är det?
- Koordinater. Nästa gång du möter din … eeh, vad ska vi kalla det …
- Min demon.
- Ok, låt oss kalla det för din demon … men kom ihåg att det inte är någon demon, det är, ja det är komplicerat, men en annan del av dig kan man säga.
- Visst.
- Som sagt, när denna … demon … visar sig ska du låta den komma tillräckligt nära för att du ska kunna se den i ögonen … och då gäller det att vara snabb Tim.
- Ok, vad ska jag göra? Tala om för den hur mycket klockan är?
- Ha ha, du är rolig du, men det var inte så dåligt gissat, du ska dra upp uret. Ok?
- Inga problem.
- Kom ihåg det, ha ögonkontakt hela tiden medan du skruvar upp uret. Men för guds skull, låt inte … eeh, demonen veta vad du ska göra.

- Se det som en duell. Det gäller att vara snabbast. Klockan är din revolver ... ett laddat vapen.
- Laddat med vadå?
- Rum.
- Kommer demonen också dra sitt vapen?
- Typ, du kommer förstå. Ok, allt klart?
- Visst.
- Och du Tim, det här är viktigt, du får inte misslyckas. Förstår du? Mycket står på spel.
- Jag fixar det.
- Jag vet att det är skrämmande och svårt att behålla fattningen när det väl gäller men det är bara att bita i det sura, om du förstår vad jag menar?
- Ingen fara ... den skrämmer mig inte längre.

Professor Steele ställde sig upp, mötte Lynns blick och tog på sig rocken. Lynn följde honom till dörren där de stod och pratade intensivt med låga röster under någon minut innan han gick. När han slog igen dörren bakom sig vände han sig om och ropade till mig.

- Lycka till nu, Tim!

Lynn satte sig bredvid mig och tittade på mig med allvarlig min.

- Vad sa han?
- Inget särskilt, bara lite ... råd.

Hon hasade ner och låg tyst några minuter bredvid mig innan hon vände sig emot mig och sa.

- Tim, kom ihåg att demonens ur är laddat med sekunder, minuter, timmar och dagar. Ditt ur är laddat med tomhet.
- Rum, trodde jag.
- Principen är densamma ... det viktiga är att du drar först ... att inte demonen hinner först och träffar dig med sina radioaktiva kulor. I så fall är du fast för gott. Fastnitad i en tillvaro ... ett sammanhang styrt av tid.

- Det är lugnt … jag är snabb … skjuter från höften.

Jag började nynna på "a lonesome cowboy".

- Var försiktig, tillvaron jag pratar om tillhör en svunnen tid … en annan generation … en generation som är beväpnad med en tickande laddning på armen … en generation som kommer utmana dig på duell mot bakgrund av vilda västernkulisser hämtade från deras matinébarndom. Rygg mot rygg och efter tjugo steg vänder ni er om i ett moln av damm och som i slowmotion sträcker de sig mot sin handled … mellan tumme och pekfinger skruvar de upp det gamla urverket … du hör fjädrar spännas … kugghjul falla in i kugghjul … långsamt kommer tidens mekanik ticka igång och du kommer för all framtid stadigt förankras i deras uppfattning … av tillvaron …

DUELLEN

Lynn kom tillbaka med ett paket vattenpistoler.

- Vi ska öva upp dina reflexer, sa hon.

I andra handen höll hon ett krus med små religiösa inskriptioner.

- Vad är det där?
- Vigvatten.
- Vigvatten?
- För att det ska bli mer autentiskt.

Hon slet upp paketet och fyllde en varsin pistol med vigvatten. Hon sträckte över den ena till mig och sa.

- Backa upp mot väggen där.

Jag backade och stoppade in vattenpistolen innanför byxlinningen. Kände hur vigvattnet hängde tungt och sakralt i byxorna.

- Beredd?
- I was born ready, svarade jag.

Lynn grinade illa av den patetiska kommentaren och jag utnyttjade tillfället och drog. En sträng av silverglänsande vigvatten kastade sig genom rummet mot sitt mål. Ljuden av en sakral pojkkör skar genom den instängda hotellrumsluften. Lynn kastade sig åt sidan och duckade för strålen men blev fullkomligt överraskad av den andra pulsen vigvatten jag sköt iväg bara sekunden senare … (kanon av pojkkörer i rummet) … och träffades. Jag tyckte mig se hur hon ryggade tillbaka av smärta och en liten rökpelare som steg från hennes sida.

- Fan, skrek hon.
- Igen?
- Nej, det räcker.

Lynn dunsade ner på sängen.

- Jag är träffad.
- Få se.

Jag vek undan hennes tröja och såg ett rödaktigt brännmärke på sidan.

- Ajaj, ser inte bra ut.
- No shit!
- Vänta, jag ska lägga om det.

Jag sprang upp och hämtade förstaförbandslådan. Tog fram en gasbinda.

- Dra upp tröjan lite till så kan jag vira det runt din midja.

Lynn blängde på mig men gjorde som jag sa. Jag hann bara vira nåt varv innan jag kände hur Lynns kropp frös till is. Med uppspärrade ögon tittade hon genom mig … bakom mig.

Ljudet av torra vingar fick mig att stelna till. Jag tittade upp och såg en skugga cirkulera över mig. En känsla av rädsla och panik spred sig i mitt bröst och jag höll andan för att inte varelsen skulle se mig. Plötsligt gjorde den en häftig sväng och sjönk ner mot marken. Det var mörkt men jag såg dess konturer framför mig. Den var lång och smal och slog med vingarna. Varelsen kastade huvet bakåt, sträckte den blänkande, svarta näbben mot himlen och gav ifrån sig det mest ohyggliga avgrundsläte jag någonsin hört. Hela min kropp frös till is. Varelsen sänkte åter huvudet och tittade nu rakt mot mig. Den närmade sig med hasande steg. Jag kunde känna dess råa, primitiva andedräkt av ljummen, röd död slå emot mig. I några få sekunder stod vi helt stilla och våra blickar möttes. Jag blickade ner i en avgrund ... en värld av radioaktivt terrorslaveri. "Timmen är slagen", och med en snabb rörelse fattade jag skruven på mitt armbandsur mellan tumme och pekfinger och skruvade upp den. Varelsen sträckte sig mot sin armled men var för långsam. Med ett skri slets den loss ur rumtiden ... bilder fladdrade för mitt inre ... ryckta ur sitt sammanhang ... varje bild var ett minne ... och för varje bild såg jag ett motsvarande negativ ... andra sidan av myntet ... men de spelade inte längre någon roll ... var helt utan betydelse ... de var bara tidsfördriv ... tidsdrivved ...

P Å A V S T Å N D

Över en knastrig linje hördes Martinis röst i staccato.

- Ringer du från en fast telefon?
- Mmmh.
- Jag förstår att du fick sparken ... det här är inte ett reportage ... det är ... nånting annat.
- Men du sa ju att det var bra.
- Jo ... missförstå mig rätt ... det är ... grymt, som vissa skulle uttrycka det ... men vi kan inte publicera det var som helst.
- Kom igen ... jag behöver pengarna.
- Jag hade tänkt mig sjuttiofemtusen. Blir det bra?
- Ööh ... okej ... låter bra ...
- Så hur gick det med Professor Steele?
- Jo, det gick bra ... trevlig karl.
- Trevlig karl?
- Vad vet du om honom egentligen?
- Vad vet *du* om honom egentligen?
- En hel del.
- Okej?

STOCKHOLM EPILOG

När Dag och Martini hoppat på Arlanda Express gick jag och Lynn tillbaka och satte oss på ett fik på Centralen. Vi sippade på varsin espresso och tittade på folket som passerade.

När den vita klockan på väggen slog hel nickade jag åt Lynn och lämnade henne på fiket. Centralen var hennes. Jag gick ner i tunnelbanan och upp vid plattan mitt emot Åhléns. När jag kom upp från trapporna såg jag den stora klockan på Åhléns vägg. Jag kollade mig omkring och sedan tog jag fram en slangbella i lättmetall, importerad från Tyskland. Jag tog fram fem dankar i samma material ... la an den första ... spände slangbellan tills den gav ifrån sig ett sjungande ljud ... siktade ... och med ett vinande "svisch" slungade jag iväg danken. Den satte sig med en hög smäll i urtavlan och skadade visarnas upphängning. Nästa dank satte sig på motsatta sidan och med ett högt metallgnissel lossnade båda visarna och föll mot marken. Den lilla visaren satte sig som en pil i trottoaren. De tre andra dankarna fick ramen att lossna i överkant så den tippade över och rasade mot marken ... två meter över marken blev den hängande. Folk skrek och sprang åt alla håll för att inte bli träffade av allt rasande metallskrot. Jag stoppade ner slangbellan i ryggsäcken, drog huvan över huvudet och försvann ner i tunnelbanan …

… OCH EFTER DET BLEV INGENTING SIG LIKT …

… ankomster blev fördröjda … och avgångar inställda … kvällsnyheterna rapporterade om attacken och dagarna därefter spred sig terrorn som en löpeld … nya attacker på flygplatser … hotell … restauranger … tidens maktgalna tickande upphörde och hela samhället svajade till … tidtabeller började betraktas som meningslöst klotter och raderades … arbetstider … öppettider … stängningstider blev matematiska gåtor … omöjliga att lösa. Den sista klockan ställdes ut på museum … ett antikt instrument besökare samlades omkring och förundrades över … gissade vad den användes till … en gång i tiden … i ett förgånget samhälle …

… tack tick …

… jag har förträngt minnena från min lovande framtid och blickar nyfiket framåt på min taskiga bakgrund … timglaset slog jag omkull och svalde en näve sand … för mig är allt en lek som ständigt går för långt … du är ett rent nöje som bara varar för stunden … men om du vill ha mig … stryk mig moturs … och jag är din för evigt …

Tack till Björn Ohlsén som läst, kommenterat och förbättrat texten och Anna Neubeck för omslagsbilden.

Bild baksida: Björn Ohlsén.

Följande låttexter citeras i texten:

Amok. Från Amok. Av Atoms for Peace. Text: Thom Yorke. XL Recordings Ltd. 2013.

Glimmande nymf. Av Carl Michael Bellman. Trad.

Heartbeats. Från Deep Cuts. Av The Knife. Text: Karin Elizabeth Dreijer Andersson/Olof Björn Dreijer. Rabid Records, 2004.